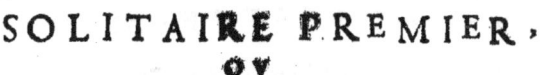

SOLITAIRE PREMIER,
OV
[DIALOGVE DE LA FVREVR
POETIQVE.

PAR

Pontus de Tyard, Seigneur
de Bissy.

Seconde Edition, augmentee.

A PARIS,

Chéz Galiot du Pré, ruë Sainct Ia-
ques, à l'enseigne de la
Galere d'or.

AVEC PRIVILEGE
DV ROY.

A NON MOINS

DOCTE ET PRVDENTE, QVE
GENEREVSE ET VERTVEVSE DAME,
Dame Catherine de Cleremont,
Contesse de Raiz,
&c.

Adame: les excellens Poëtes ont tousiours
donné commencement à leurs Poëmes par
l'inuocation de quelque Muse, leur tutelai
re deesse : & les fondateurs des temp les y
establissent sur l'entrée, ou au lieu plus
eminent l'image de quelque saincteté, souz laquelle ilz
voüët & commettent la dedicace de leur Eglise: iugeās
bien, que la presence de telle diuinité, pourra beaucoup
ayder à l'entretenemēt & perpetuité de leurs ouurages.

Façon que i'ay pensé m'estre fort necessaire d'Imiter,
si i'osois penser que ces miēs presens discours deussent
estre receus de nos François, auec contentement. Car
ayant fait la premiere monstre de mes escriz, par ce Dia-
logue de la fureur Poëtique, pl⁹ rēply de beaux discours
tirez de l'ancienne Mythologie, que coulant en facilité d'vn entretien vulgaire: i'ay besoing, pour en rendre
le commencement agreable, prospere & bien heureux,
de vous inuoquer, cōme ma Muse, & vous choisir pour
saincteté: laquelle ie poseray sur le frontispice du portail
de mon ouurage, afin que le vous ayant consacré, il soit
receu plus agreablement, & puisse demourer par la reue
rence de telle dedication, plus estimable à la posterité,
qui fera scrupule de dedaigner chose consacree à voz rares & diuins accomplissemens. Aussi ne pouuois-ie

choisir dame plus côparable aux Muses , ny qui esleuée
aux diuines fureurs. (suiet de ce mien œuure) eust plus
de congnoissance de toutes sortes de lettres, desquelles
vo⁹ estes si richemét embellie à l'hôneur de vostre sexe,
que vous en merités le surnõ d'admirable. Ie vous con
sacre donc, Madame ,ce discours des Muses & des Graces voz compagnes,& le vous offre mieux limé que celuy qui sortit sans mõ nom ou aueu, il ya ia long
temps,en lumiere:desirant recognoistre l'heureuse seu-
reté qu'il aura souz vostre guarde de quelque agreable
& humble seruice,& trescontent de receuoir tousiours
de vous les commédemens, pour faueur honorable. De
Bissy,ce premier d'Auril.1575.

Celuy qui honorant voz rares & vertueuses perfections desire de
vous faire treshumble seruice.
                    PONTVS DE TYARD.

SOLITAIRE
PREMIER,
O V,
Diſcours des Muſes, & de la fureur
Poëtique.

OMBIEN *que le defaut de
tranquilité d'eſprit, l'impuiſ-
ſante imbecillité du corps, &
la calamiteuſe neceſsité, faſſēt
apparoir la vie de l'homme
plus importablemēt doloreu-
ſe, & miſerable, que d'autre
animal, qui ſoit viuant ſouz
le Ciel: toutefois la prouidēce,
la raiſon, & l'entendement*
(qui font que l'homme ſoit homme) auec le but d'eternité,
auquel il aſpire, me ſemblent eſtre l'vnique craye, de laquelle il peult aſſez illuſtremēt blanchir la noirceur de ſon tenebreux eſtat. Bien ſçay-ie, que pource que les miſeres, & im
perfections ſont euidentes en ce monde par preuue tant ma-
nifeſte, qu'il n'y ha celui, qui ne les touche auec le doigt plus
ſenſitif, & que l'heur, & la felicité ſe laiſſent comprendre
ſeulemēt, comme en la ſimple conſideration des ombres non
maniables, & en la nue peinture d'vne eſperāce: il ſ'eſt trou

A

ué par le passé,& en ces iours encor se treuue grand nombre
d'hommes,qui,trop viuement piquez du corporel,se sont en
lui entierement arrestez, & diffinissans la douleur, la volupté,l'indolence,& les poignantes affectiõs corporelles,ont
osé (les miserables) loger en si vil lieu la fin, & le terme du
souuerain bien,& derniere felicité, rẽdans par trop delicate
sensibilité du corps leurs ames estourdies, comme d'vne pa-
ralisie stupide,& insensee.Mais aillent telz Pourceaux,ail-
lẽt telz ventres gourmãs & paresseux se touiller en la bau-
ge de leurs ordes voluptez:& là,se souillent,& resouillent,
voire (silz le treuuent bon) s'y enseuelissent eternellement,
pendant que ceux, qui sont soustenuz de meilleures æsles,&
guidez par plus fideles esprits,hausserõt le vol, & la veüe,
pour(nonobstant l'estroite restrainte du cloz tenebreux de la
corporelle prison) discourir, admirer, aspirer, & en fin attaindre à la iouissance de la lumiere eternelle, & vraye fe-
licité:laquelle (combien que l'oeil de ces terrestres n'en puissent souffrir les raiz) l'Entendement esleué est capable d'ap
perceuoir, de quoy font foy les vertueux discours des Stoï-
ques,la congnoissance de l'ame raisonnable par Heraclite,
Varrõ,& autres: l'apprehension de l'immuable essence Angelique d'Anaxagore, & Hermotime, & la profonde contemplation,qui conduit l'ame purifiee en reuerẽte admiratiõ
de la non iamais comprinse immesurable grandeur de la
sourse de bonté,beauté,& sapience de l'unique Soleil diuin,
selon Platon, & Pithagore.Or il est certain que tous ceux,
qui ont iuré à la louable entreprinse de monter au sommet
peu accessible de tant ardue montaigne, qu'est la difficile
cognoissance de la diuinité, cherchans l'vn deçà, l'autre de-
là,qui vn endroit,qui vn autre plus commode,& aisé,font

diuerses rencontres de choses, neaumoins rares, & precieuses, comme rien se peult trouuer autre en lieu tant rare &
precieux: à la nouueauté & plaisir desquelles la plus grand
part s'est arrestee, demeurant à ceste cause sa queste nõ poursuiuie, & son voyage interrõpu. De tous ceux (veux ie dire)
qui ont tasché de s'acquerir l'intelligence des choses celestes
& diuines, & acheminer leurs entendemẽs iusques au plus
hault siege, où repose l'obiect de l'eternelle felicité, les voyes
ont esté diuerses, comme les doctrines, disciplines, sciences, &
arts leur ont esté deuant les yeux diuersemẽt presentez. Qui
fait doute que les sciences ne seruent de tres propres degrez
pour s'esleuer à la plus haulte cime? & que sans elles mal
aisément l'Entendement humain pourroit se desuelopper de
ses vestemens pesans, pour se hausser dextremẽt à l'exercice,
auquel il est appellé? Mais il auient, que, ou le gain, lequel
l'auare cupidité fait preuoir en la profession d'vne discipline, ou le delectable plaisir de la reputation louable, née par
la consommée cognoissance d'vne autre, lui tire la bride, &
l'arreste auãt la fin de sa course, possible encor mal cõmẽcée.
Aussi est le nombre petit, & peu cognu, de ces parfaits studieux, qui plus pour l'amour de vertu embrassent le trauail
literaire, que pour appetit de gain, ou delectation de renommée. Toutefois ni la peur de telles empesches, ni encor la cognoissance, que i'ay de mõ insuffisance (trop suffisante pour
me donner crainte & retirer arriere) ont iamais peu me cõ-
mander auec assez d'imperiosité, pour faire que les lettres,
tant en respect des sciences particulieres, que de la spherique
Enciclopedie, & plus haulte imagination, ne m'ayent appellé à leur seruice: & ne mire point tant mon inutilité (laquelle ie suis tousiours prest de meilleurer à toute occasion,

qui m'en soit presentée)qu'encor quelquefois ou par escrit ie
ne fasse voir,ou de viue voix ie ne communique librement
aux personnes familieres ce,qu'auec quelque labeur i'ay de-
paint dens le tableau de mon esprit,chose que ie fais encores
maintenant,mais plus pour seruir de fueille aux escrits de
tant de bons esprits,qui embellissent nostre France,que pour
esperance que i'aye par quelque bienmerencé me rendre recõ
pensable d'vn seul mot de louenge . Restoit de m'excuser de
quelques,di ie,dit elle,respõdi ie,adioutai ie,demãda elle&
autres semblables,qui empirerõt l'aspre rudesse de mon stile
grossier.Mais me souuenant que Platon,& apres lui Cicerõ
(pour ne dire les autres)deux diserts,s'il en fut oncques,n'õt
effacé ceste mode d'escrire:& que ie voulois reciter nuement
vn deuiz tel,que souuent il s'en rencontre entre celle,que ie
cache souz le nom de Pasithee(vrayemẽt Pasithee) & moy,
non pas mettre en auant vn œuure elaboré curieusement:ie
ne me suis forcé à plus estroites loix de bien dire,attendant
plus d'excuse de la beninité des bons & sinceres esprits (deuant lesquels seulement ie desire mes labeurs se rencontrer)
que ie m'en saurois forger en plus longues paroles qui m'es-
longneroient tousiours du cõmencement de mon entreprise.

l'auois au plaisir,que les champs me donnẽt aucunefois
ores à l'exercice de la chasse,ores au solitaire seiour,auquel
le plus souuent ou le fraiz d'vn bois ombrageux,ou la ver-
deur des gracieux coustaux m'inuitoit,passé quelques iours,
quand,rappellé par la commodité de mes dommestiques,&
priuez affaires,& encore plus vrgemment par le desir,qui
me solicitoit à toute instance de reuoir Pasithée,& retour-
né à la ville,i'allay au lieu de son ordinaire demeure,où ie

la trouuay aßise, & tenant vn Leut en ses mains, accordant au son des cordes, que diuinement elle touchoit, sa voix douce & facile : auec laquelle tant gracieusement elle mesuroit vne Ode Italienne, que desia ie me sentois raui comme d'vne celeste harmonie, &, sans entrer plus auant, demeurois coy pour n'entrerompre son plaisir, ny le contentement, que ie receuois à la contemplation de ses graces : mais (ne sçay-ie à quel bruit) elle iettant sa veuë du costé de l'entrée, & m'apperceuant tout changé de nouuel aise, se leua : & (ayant sus vn lit prochain de la chaire, où elle estoit aßise, posé son Leut) s'auança, receuant de moy les humbles reuerences, auec lesquelles ie suis coutumier de l'honnorer, qu'elle recompensa d'vn honneste recueil, duquel elle se daigne faire liberalle en mon endroit. Apres les ceremonies qu'on fait ordinairement aux suruenues, & qu'elle retournée au lieu, duquel elle s'estoit leuée, m'eust prié de prendre place sus vn siege, qu'elle auoit commandé m'estre apporté : Ie ne sçay (me dit elle) Solitaire, si, vous demandant quel est vostre portement, ie serois indiscrette, ou inciuile, vous caressant de ioyeuse bien-venue : car à voir vostre visage ie suis contrainte de croire, que vous n'auez abandonné les champs pour occasion plus necessaire, que celle, que vous ha presenté en ceste ville la commodité des Medecins, de l'aide desquels vous me semblez auoir bien grãd besoin. Me trouuez vous donq Pasithée (luy di-ie) tant estrangement changé depuis vn mois, que vous ne m'auez veu ? Ouy en bonne foy, respondit elle. Mais dites moy (ie vous prie) quel accident vous est suruenu, qui ha ainsi empiré vostre santé ? Vrayement si ie n'estois (di-ie) assez sensitif de ma disposition, vous mettriez ma santé en soupçon. Si toutefois vous

iugez à ma face quelque alteration interieure, voftre couftu-
miere perfpicacité n'ha point efté deceuë : car les ordinaires
penfées, qui me font tant rude & continuelle guerre, n'ont
donné repos à mon efprit trauaillé, tellement, que l'indifpo-
fition, laquelle vous penfez auoir cogneuë en moy, fe doit
pluftoft nommer fureur, qui vexe, & agite mon efprit, que
non pas maladie, qui diftempere, ou debilite ma perfonne.
Haa, Solitaire, oftez ces paroles de facheux prefage (dit elle
couurant le ferain de fa beauté d'vne nuée meflée de pitié
& ennuy de mon mal)id ne permette Dieu que tel mal'heur
empire voftre tranquillité, ny le contentement que ceux, qui
vous cognoiffent, reçoiuent en voftre bonne eftime. Et certes
(pour ne vous en cacher ma fantafie)cefte melancolie, de laquelle vous paignez voftre vifage, & accöpagné voftre trop
opiniatre folitude, vous pourra en fin eftre dommageable:
& me femble fort pertinente à homme de voftre aage, &
voftre qualité. Que pourroit la fortune adioufter à voftre
condition? à la voftre, di-ie, qui eftes formel ennemi des cu-
pides, & tant viril impugnateur de l'ambition, que vous
eftes pour auoir plus que vous ne defirez? Quant aux graces
que les hommes bien naiz ou poffedent, ou acquierent, n'a-
uez vous à remercier nature, qui de fa plus large main: C'eft
affez(di-ie pour entrerompre ce propos, lequel ie voyois fe cö-
tinuer à quelques louäges, que ie ne defirois d'ouir) c'eft affez
Pafithée:il n'eft befoin que fus fubiect de fi petit merite vous
faffiez preuue de voftre diferte façon de dire:auffi que ie ne
fuis coutumier de crier en mes doleances, que la fortune, ou
la Nature m'ayent efté chiches. Pourquoy donq (repliqua
elle) vous cöfumez vous en cefte maniere de viure, que chacun iuge n'eftre entretenuë & nourrie, que du plus trifte

desplaisir, qui puisse-desplaire à l'hôme, lequel Dieu ha vou-
lu former sus tous, l'animal plus compagnable? Et puis, non
content de ce (car la puissance, que vostre affection me promet sus vous, me permet encor d'user de ce langage) vous
cherchez à vous esgarer de vous mesmes, & sans en rien
vous espargner, vous imposez ce fascheux nom de fureur,
en bonne foy vous deuriez oublier & la façon de viure &
la maniere de parler ainsi. I'ay à vous mercier (respondi-ie)
& à me resiouir du bon vouloir, que voz paroles à ceste
heure me descouurent. Mais, à ce que ie voy, ce mot fureur pour n'estre entieremēt entendu, vous ha mis en erreur.
Dites moy doncq en quoy il vous semble tant à craindre, &
ie vous diray apres combien ie l'estime digne d'enrichir de sa
qualité les plus subtils & meilleurs esprits, qui se puissent
trouuer entre les professeurs des choses hautes, & non vulgaires. Ie ne sçay (dit elle) côme vous esperez de le desguiser:
mais si pensé-ie qu'apres que i'auray descrit la proportion
de ses membres, vous serez bien empesché à le masquer si
finement, qu'il ne soit recogneu de toute personne ayant re-
marché les contenances, que ie sçay luy estre propres. Essa-
yez (di-ie) & n'oubliez rien de ce, qui luy appartient. Fureur ne me semble estre autre chose (poursuiuit elle) qu'une
alienation d'entendement procedante d'un vice de cerueau,
que vulgairement l'on appelle folie, autant diuerse en ses
effects, comme elle est engendrée de diuerses causes, desquelles trois sont insignes & memorables. La premiere (si le
souuenir ne me deçoit) procede de l'excessiue cholere aduste,
de laquelle ceux qui sont tourmentez, deuiennent soudains
(si non continuels) à se perdre en cholere, sans estre aucune-
ment irritez, assaillent indifferemment tous ceux, qui se

treuuent deuant eux, les outragent de coups, & de paroles:
lesquelles ils exagerent de voix horribles, & à gorges ouuertes : ils se trauaillent sans cesse en frappant, rompant,
deßirant tout, autant subiets à se batre, & affoler eux
mesmes, que prompts à faire le semblable à autruy. Or
voyez comme de ceste espece de fureur vn bon esprit pourroit
indemnement estre occupé. La seconde est causée de l'abondance du sang aduste, & de ceste sorte il s'en trouue des plus
plaisans (si de telles miseres l'on peut tirer plaisir) du monde.
Car ils rient incessamment, ils chantent en toute allegresse
& le plus souuent accompagnent leurs chants de la danse.
Outre toute coustume ils se vantent & glorifient, promet-
tans d'eux les plus admirables ouurages, qu'on sçauroit estimer. La tierce vient de la melancolie froide en son extre-
mité. Et vrayement les affligez de ceste espece sont pitoya-
bles, representans à la face estonnée vne certaine frayeur,
auec laquelle ils sont craintifs, douteux, vexez d'angoisse
doloreuse, sans cesse tristes outre le deuoir humain, & trans-
portez en certains discours & songes tenebreux, se refigu-
rent les choses passées & les futures, paintes de miserable
horreur, comme celuy, qui craignoit qu'Atlas affoibli &
las d'auoir si long temps soustenu le Ciel, succombast souz le
faix, & le laissast ruiner sus la Terre : & pour ceste cause
courant incessamment à toute haleine, cherchoit l'endroit
pour s'oster de dessous. De telles marques sont marquez
les furieux, lesquels ie ne pense, Solitaire, que vous puissiez
tant subtilement desguiser, qu'au premier pas, qu'ils feront
en sale, l'on ne les descoure pour tels qu'ils sont. Vous auez
(di-ie) tresbien assemblé les accidens qui suruienent à ceux
que vous nommez furieux : lesquels neantmoins plus pro-

                                        prement

prément sont comprins sous le nom de manie, & les retirent
les Latins sous l'espece d'insanie. Ie laisse, pour ne sembler
thercher vne trop legere eschappatoire, la difference, que ie
pourrois faire entre furie, & fureur: & cõfesse que tres-biẽ
& trespertinemment vous les auez descrits. Mais il vous
bien plaira entendre, Pasithée, que fureur (laquelle ie di-
finiz auecques vous alienation d'entendement, sans adiou-
ster ce vice de cerueau)contient souz soy deux especes d'alie-
nations. La premiere procedant des maladies corporelles,
dont vous auez parlé, & de son vray nom l'auez bien appellée follie & vice de cerueau: la seconde, estant engendrée
d'vne secrette puissance diuine, par laquelle l'ame raisonnable est illustrée: & la nommons, fureur diuine, ou, auec
les Grecs Enthusiasme. Or faites iugement si ceste derniè-
re sorte de fureur est souhaitable, ou non. Excusez moy
(dit Pasithée)car pour auoir suiui la plus vulgaire signification du mot, ie me suis trouuée deceuë: & vrayement
ie ne fais doute que de telle fureur vous ne soyez espris.Tou-
tefois ie vous prie de me dire, si ceste fureur ha quelques effects propres, par lesquels l'on puisse cognoistre ceux,qui en
sont agitez? si ha dea(respondi-ie) & de tres-excellens: car
son propre est d'esleuer depuis ce corps iusques aux Cieux
l'ame, qui des Cieux est descendue dedans ce corps : N'est-
ce pas vne œuure admirable? Ouy certes (respondit elle)
mais qui vous esmeut donq de vous vouloir, si tant digne
fureur vous occupe? I'aurois (repliquay-ie) parlé trop à
mon aduantage, si ie m'estois simplement attribué si haute
celeste eleuation d'entendement, qu'est celle, à laquelle la fureur diuine pousse les humains. Mais, à fin que ie ne vous
laisse prendre opinion que ie sois tant gourmand de gloire,

Ἐνθουσιασ-
μος,
Afflatiõ de
Dieu.

que ie vueille me saouler moy-mesme de mes loüanges, sou-
uenez vous, que ie me suis dit possedé de telle fureur. Bien
ay-ie dit, que celle indisposition, laquelle vous pensiez auoir
cogneue en moy, se deuroit plustost nommer fureur, que maladie. Si est-ce que vous n'eschapperez ainsi (dit elle) car ie
suis asseurée que vous n'auez dit cela sans cause : aussi que
vous me feriez tort, ayant ouuert le propos d'vne matiere,
qui m'est obscure & incogneue, de ne satisfaire à l'enuie,
que i'ay de la me veoir esclarcie. Ie seray tres-aise, di-ie, que
le discours de chose qui vous plaise, m'apporte occasion de ne
vous point ennuyer, pendant que de ma part ie contenteray
le desir, que i'auons de vous voir : & l'estaignant en partie,
me vengeray de luy, qui trop affamé m'ha estimé, comme
vous voyez : aumoins luy doi-ie imputer ce taint pasle, qui
au premier œil m'ha fait sembler malade, à vostre opinion.
Se pourroit-il bien faire (me demanda elle) qu'vn desir
vous eust ainsi empiré ? Il est certain, respondi-ie. Si trou-
uay-ie estrange (repliqua elle) que le desir, qui me semble
estre vne action pure intellectuelle, face tant corporelle me-
tamorphose. Ie veux (poursuiui-ie) vous effacer ceste admiration par cognoissance de la cause, qui est telle. La naturelle puissance est peu suffisante pour l'execution de deux
offices en l'homme, & s'afoiblit estant diuisée. Quand
donq l'intention de celuy, qui desire, est toute empeschée aux
pensers de la chose desirée, la naturelle complexion depart
à la cogitation la plus grande partie de sa puissance, laquelle
fait faute à l'estomac, auquel pour la digestion elle estoit destinée : dont il aduient que la plus grande part des viandes
demeure indigeste superfluité, & la moindre encores demy
crue, & non parfaitement digerée, & tirée au soye, où,

pour mesme raison de la mauuaise concoction, il s'engendre
si petite quantité de sang semblablement crud, que les membres n'en peuuent receuoir autant, qu'il est requis : & par
ainsi demeurent extenuez, & pasles, comme le visage (mi-
roir du sang) denote incõtinent. Et bien bien (dit elle en souriant) Solitaire, vostre beau taint se pourra recouurer aussi
legerement, comme legere ha esté l'occasion de le faire effacer : & ce pendant faites moy entendre ce : dont ie vous ay
declairé mon enuie. Lors à son commandement ie commen-
çay. Les Philosophes Platoniques tiennent que l'Ame descendant en ce corps distribuée en diuerses operations perd
l'vnité tant estimée, qui la rendoit cognoissante, & iouïs-
sante du souuerain VN, qui est Dieu : tellement qu'en ceste
diuision, & separation de son vnité, ses parties superieu-
res endormies, & enseuelies en vne lente paresse, cedent
l'entier gouuernemẽt aux inferieures, touchees sans cesse des
perturbations : & ainsi demeure toute l'ame remplie de dis-
cordes, & desordres difficiles à rapointer. Aussi c'est là où
gist l'œuure : c'est là, où consiste le labeur à tirer l'ame em-
bourbée hors de la fange terrestre, & l'esleuer en la conionction du souuerain VN, à fin qu'elle mesme soit remise en
sa premiere vnité. Or, pource que l'ame en descendant, &
s'abismant dans le corps, passe par quatre degrez, il est pareillement necessaire, que par quatre degrez son eleuation
de ça bas en haut soit faite. Quant aux quatres degrez de
la descente, le premier, & plus haut, est l'Angelique entendement, le second la Raison intellectuelle, le tiers l'Opinion, & le quart la Nature. Vous trouuerez Pasithée, cecy difficile, si vous ne haussez vostre esprit à la conception
de tant grande chose, & si vous n'vsez de la coustumiere

B ij

viuacité de voſtre apprehenſion pour les matieres ardues.
N'entrerompez par tel aduertiſſement le fil de voſtre diſcours (dit elle) car deſià ie ſuis familiere, & toute accou-
tumée à la lecture des philoſophiques ſecrets, ne fut-ce que
par la frequence de tel ſubiet par voſtre entretien tout im-
primé en mon eſprit. Continuez donq, s'il vous plaiſt. Ie
vous ay dit (pourſuiui ie) que par quatre degrez l'ame deſcent, depuis le ſouuerain VN, commencement eternel de
toute choſe, & qui tient le plus haut lieu, iuſques au corps,
qui eſt le plus bas, & infime de tout, ainſi eſt il apparent
que les quatre degrez ſont entre-deux d'autant moins parfaits, qu'ils ſont plus eſloignez de ceſt VN: & ſi eſt aiſe
d'entendre que ce qui du plus haut deſcent au plus bas, doit
paſſer par ce milieu diuiſé en quatre degrez: deſquels le premier, eſt l'entendement Angelique le plus prochain de la
ſource de l'vnité, ou (comme ie diſois) de celuy, qui eſt le
ſouuerain VN: & qui eſt terme, commencement, fin, &
meſure de tout, combien qu'il ſoit immeſurable, eternel, in-
fini, & incomprehenſible, priué de multitude, & de con-
fuſion. Mais l'Angelique entendement n'eſt tant accompli:
car combien qu'il ſoit ſtable, & eternel, il reçoit toutefois
multitude d'Idées. Le ſecond degré eſt la Raiſon intellectuelle, qui eſt vne puiſſance de l'ame qui conſiſte en bon ordre, & neaumoins c'eſt vne muable multitude des cognoiſſances premieres, & diuerſes augmentations. Le troiſieſme c'eſt l'Opinion, qui eſt (ainſi que la Raiſon) vne puiſſance de l'ame, muable, & ſans ordre, en multitude d'imaginations diuerſes, comprinſes neaumoins ſouz l'vnion de
quelques points & de quelque ſubſtance : car l'Opinion eſt
en l'Ame, & de l'Ame : & l'Ame eſt vne ſubſtance n'oc-

cupant aucun lieu. Le quatriefme, que i'ay nommé Nature, fignifie celle puiffance animale qui confifte en l'office de nourriture, & generation, qui fe refpand, & re-
ftraint dans le corps, duquel les parties, la multitude des
accidens fubiets au mouuement, & la fubftance diuifable,
fe offrent toufiours aux yeux. Ie compren bien (dit Paf-
thée) les differences des deux extremes, & des quatre mi-
lieux, mais ie fuis demeurée en vn doute, duquel ie vous
prie me retirer. Si la Raifon, l'Opinion, & la Nature
font (ainfi que vous auez dit) puiffances de l'ame, comme
fe fait cela, qu'elles feruent de degrez à l'ame? Il femble
qu'en cefte façon elle defcendroit par foy mefme, puis qu'elle
mefme eft fes trois. Voftre doute eft tres-raifonnable (refpõ-
di-ie) & fi n'eft réfolu des Platoniques en affez de facilité.
Toutefois ie vous diray, pour refolution, ce que i'en ay peu
comprendre. Ils affeurent, que l'ame eft produite du fouuerain VN, & que de luy elle ha premierement efté ornée
de l'unité: c'eft à dire qu'en fa production elle contient vni-
ment en foy, & fans aucune feparation efpanchée, & dif-
perfee, toute fon Effence, fes puiffances, & fes operations:
& ce par le benefice de ce fouuerain VN, qui non feule-
ment vnit toutes les parties de l'Ame, en l'Ame: mais encor vnit par conionction l'Ame à foy-mefme. Or en tant
que cefte Ame eft efclarcie des raiz de la diuine vnion, elle
contemple en ftable & immuable action les Idées de toutes
chofes, tombant par ce moyen de fa fource au degré Angelique, où elle retient beaucoup de fa grande perfection,
qu'elle diminue d'vn degré lors que (fe gardant foy mefmes
& non plus le fouuerain VN) elle contemple les vniuerfel-
les raifons des chofes, & par les ratiocinations difcourt de-

B iij

puis les principes iusques aux conclusions. *Entendez vous
pas maintenant comme en cest estat elle ha diminué sa premiere grandeur d'vn second degré? Voici encor, qu'elle se
stant abaissée iusques là, apres elle s'exerce à reuoluer par
l'opinion des curieuses recherches les particulieres formes,
images, & especes des choses muables, desquelles les sens
l'ont abreuuée. Puis en fin, s'auilissant d'auantage, deuient amie de ces formes particulieres, & de la Nature,
dispersant sa force à la generation, accroissement, & nourriture des corps. Voila comme l'ame tombe par ce dange-
reux precipice mondain, quand, s'eslongnant de la purité
en laquelle elle estoit produite, elle se plait à embrasser le
corps. Voila encor la diminution de la premiere perfection
de l'Ame en l'Ame, & ce, que i'entendois par ces degrez, selon l'assiete desquels les Ames humaines sont haussées en diuine & celeste cognoissance: ou baissées & plongées dedans
les terrestres & corporelles imaginations. Vrayemĕt (me dit
Pasithée) i'ay facilemĕt comprins la ruine & cheute de l'a-
me, que ie desire sçauoir auec quelle aide elle se peut deschar-
ger des empeschemens de ce pesant fais corporel, & se rendre legere & habile pour remonter au lieu duquel elle est
tant miserablement descendue. Ie vous ay dit (poursuiui-ie)
qu'ainsi que la descente se faisoit par quatre degrez (& suis
aise que vous auez prins plaisir de le comprĕdre) aussi pour
remonter estoient necessaires quatre degrez, lesquels se peuuent comprendre en celle illustration d'Ame, ou eleuation
d'Entendement, que ie vous ay dit estre nommée fureur diuine. Car la fureur diuine, Pasithée, est l'vnique escalier,
par lequel l'Ame peut trouuer le chemin qui la conduise à la
source de son souuerain bien, & felicité derniere. Grande*

(dit elle) & admirable est l'efficace de tant rare voye, &
ne pourra mon esprit demeurer calme premier que vous
m'en ayez fait entendre l'entier acheminement. D'autant
que grande (respondi-ie) & admirable est l'efficace de tant
rare chose, deuez vous moins en esperer la cognoissance par
le moyen de mon bas, & peu subtil entendement : me con-
fiant toutefois en ie ne sçay quelle promptitude, à laquelle
l'esperon de voz diuines graces me pousse. Ie vous en diray
ce, que m'en dittera celle fureur (il faut que ie nomme ainsi
l'affection, que ie vous porte) de laquelle le Soleil de voz
perfections & celestes accomplissemens m'illustre, selon qu'il
daigne, ou plus ou moins fauorablement faire luire ses raiz
sus moy. Alors voyant que Pasithée s'estoit mise en conte-
nance de vouloir m'escouter, feignant n'auoir prins garde
à mes dernieres paroles, en quatre sortes (poursuiui-ie) peut
l'homme estre espris de diuine fureur. La premiere est par la
fureur Poetique procedant du don des Muses : La seconde
est par l'intelligence des misteres, & secrets des religions
souz Bachus : La troisiesme par rauissement de prophetie,
vaticination, ou diuination souz Apollon : & la quatriesme par la violence de l'Amoureuse affection souz Amour
& Venus. Sçachez Pasithée, qu'en ce peu de paroles, &
sous ces quatre especes sont cachées toutes les plus abstraites
& sacrées choses, ausquelles l'humain Entendement puisse aspirer : mesmes la vraye & certaine cognoissance de
toutes les disciplines, qui si longuement (& souuët en vain)
entretiennent les studieux à leur poursuite. Car il ne faut
croire, que defaillât en nous l'illustration de ces raiz diuins,
& n'estât la torche de l'Ame allumée par l'ardeur de quelque fureur diuine, nous puissions en aucune sorte nous con-

duire à la cognoiſſance des bonnes doctrines & ſciences: &
moins nous eſleuer en quelque degré de vertu pour, ſeulement de penſée, gouter noſtre ſouuerain bien hors, des
viles & corporelles tenebres eſclairées de l'obſcure lampe,
qui nourrit ſon feu en l'humeur des fauſſes & deceuantes
delectations. Or, m'aquitant de ce, que ie vous doy dire,
ie remets en memoire qu'ayant eſté le commencement de la
cheute de l'ame du plus haut degré, il faut qu'elle comman-
ce à remonter du plus bas. Ie di ceci, à fin que vous co-
gnoiſſiez que ie n'ay ſans cauſe en la deſcription de la deſ-
cente nommé les plus hauts les premiers, & en ceſte, que i'ay
commencée de l'eleuation, au contraire. Doncq le fond, lequel l'Ame ruinant ça bas ha rencontré, ha eſté le corps, auquel elle ſe delecte & affectionne tant fermement, que pour
les diuers & contraires obiects rencontrez, elle eſt contrainte de ſeparer, & diſtribuer ſes puiſſances en diuerſes &
contraires actions, tellement, que la ſuperieure partie de
ſoy eſt endormie, & (comme on pourroit dire) eſtonnée du
coup de ſi lourde cheute: & l'inferieure toute agitée &
elancée des perturbations, d'où ſ'engendre vn horrible diſcord & deſordre diſpoſé en trop improportionnée proportion. Incompatible par ce point ſemble eſtre en elle toute
iuſte action, ſi par quelque moyen ceſt horrible diſcord, n'eſt
tranſmué en douce ſimphonie, & ce deſordre impertinent
reduit en egalité meſurée, bien ordonnée, & compartie. Et
de ce faire eſt pour ſon peculier deuoir la fureur Poetique
chargée reſueillât par les tons de Muſique l'ame en ce, qu'elle
eſt endormie, & confortant par la ſuauité & douceur de
la harmonie la partie perturbée: puis par la diuerſité bien
accordée des Muſiciens accords chaſſant la diſſonante diſ-
                                                        corde,

corde, & en fin reduifant le defordre en certaine egalité bien
& proportionnément mefurée, & compartie par la gracieufe & graue facilité des vers compaffez en curieufe ob-
feruance de nombres & de mefures. Encor toutefois n'eft
ce rien : car il faut effacer l'inconftante folicitude des diuerfes opinions empefchées au continuel mouuement de la multitude des images, & efpeces corporelles : & faire que l'A-
me defià refueillée, & bien ordonnée, reuoque en vn fes parties & puiffances ainfi efcartées & diffufes tant diuerfe-
ment : à quoy eft propre la fainte communication des myfte-
res & fecrets religieux, au moyen defquels les purifications,
& deuotieux offices, incitent l'Ame à fe r'affembler en foy-
mefme, pour toute fe vouer en facrée dedication & entiere
intention à la reuerence, qui la profterne deuant la diuinité
qu'elle adore. Parquoy, quand ces diuerfes puiffances de
l'Ame au parauant çà & là en diuers exercices effandues
font recueillies, & r'affemblées en l'vnique intention de
l'Entendement raifonnable : la troifiefme fureur eft neceffaire pour eflongner les difcours de tant de ratiocinations
intellectuelles à l'entour des principes & conclufions, &
reduire l'Entendement en vnion auec l'Ame : ce qui aduient
par le rauiffement des propheties & diuinations. Auffi qui-
conque eft efmeu de fureur diuinatrice, ou prophetique,
tout raui en interieure contemplation il conioint fon Ame
& tous fes efprits enfemble, s'efleuant haut outre toute apprehenfion d'humaine & naturelle raifon, pour aller puifer
aux plus intimes, profonds, & retirez fecrets diuins la pre-
diction des chofes, qui doiuent aduenir. En fin, quand tout
ce qui eft en l'effence, & en la nature de l'Ame, eft fait vn,
il faut (pour reuenir à la fource de fon origine) que foudain

elle se reuoque en ce souuerain V N, qui est sus toute essence, chose, que la grãde & celeste Venus accomplit par Amour, c'est à dire, par vn feruent, & incomparable desir, que l'ame ainsi esleuée ha de iouir de la diuine & eternelle beau-té. Celà deura suffire, Pasithée, à ce, que vous vouliez sça-uoir, touchant les diuines fureurs. En bonne foy (dit elle) puis que vous m'auez fait appetit de tant delicate viande, vous auriez tort de m'en donner si peu, & me laisser ainsi affamée : mais s'il vous plaist, vous ferez mieux. Dea, vous souuient il point combien de fois vous m'auez solicitée d'e-stre instante à la poursuite des bonnes lettres ? Puis doncq que sous le subiet du discours commencé il semble qu'vne grande varieté de disciplines soit comprinse, oseriez vous me refuser le fruit, duquel ceste occasion vous offre le moyen de me faire iouir ? veu qu'encores ie vous ay ouy dire, que la viue voix ha trop plus d'efficace, que la lecture, tant dili-gente qu'elle soit. C'est chose asseurée (respondi-ie) que la vi-ue voix peut beaucoup en ce que vous dittes : mais celà se doit entendre, quand la personne, qui escoute, aime celle, qui parle. Et n'y ha doute que le disciple, qui est affectionné à son precepteur, ha la memoire plus tenante des choses ouyes de luy, que de celles, qu'il ha leües en son songneux estude. Mais si la condition de l'amitié, & affection defaut en vous, ie craindrois que ma parolle ne se trouuast de telle vertu en vostre endroit, comme vous auez dit. Et bien (dit Pasithée) voudriez vous pour si froide excuse me faire rou-gir d'vn refuz ? Pasithée (luy di-ie) fussiez vous autant preste de m'employer, comme ie serois diligent à vous obeïr : & receussiez vous autant agreablemēt mon obeissance pour seruice, comme i'obseruerois voz commandemens pour fa-

ueur. Aussi ne say-ie le retif, que pour le respect de mon insuffisance : mais, à peine de demeurer souz le faix, ie m'offre à la charge, laquelle vous m'imposez. Donq (dit elle)
commencez, & pour interrompre l'ordre, lequel vous auez
poursuiui iusques icy, despaignez moy premierement la fureur Poetique. La fureur Poetique procede des Muses (di-
ie) & est vn rauissement de l'Ame, qui est docile & iuuin-
cible : au moyen duquel elle est esueillée, esmüe, & incitée
par chants, & autres Poesies, à l'instruction des hommes.
Par ce rauissement d'Ame, i'enten que l'Ame est occupée,
& entierement conuertie, & intentiue aux saintes & sacrées Muses, qui l'ont rencontrée docile, & apte à receuoir
la forme, qu'elles impriment, c'est à dire, l'ont trouuée prepa-
rée d'estre esprinse de ce rauissemet, par lequel estant esmeüe,
elle deuient inuincible, & ne peut estre souillée, ou vaincue
d'aucune chose basse & terrestre : mais au contraire sur-
monte & surmarche toutes ces vilitez. D'auantage elle est
esueillée du sommeil & dormir corporel à l'intellectuel veil-
ler, & reuoquée des tenebres d'ignorance à la lumiere de
verité, de la mort à la vie, d'un profond & stupide oubli
à vn resouuenir des choses celestes, & diuines : en fin, elle
se sent esmeue, esguillonnée, & incitée d'exprimer en vers
les choses, qu'elle preuoit & contemple. Aussi n'entrepren-
ne temerairement chacun de hurter aux portes de Poesie: car
en vain s'en approche, & fait ses vers miserablement froids
celuy, auquel les Muses ne font grace de leur fureur, & auquel le Dieu ne se mostre propice & fauorable. Quel Dieu
demanda Pasithée : les Muses ne sont elles seulles puissantes
à cest effect ? Ce mot Dieu (respondi-ie) entre les Poetes, &
quelques Philosophes, signifie toute puissance de Diuinité,

qui excede le commun cours de la naturelle apprehenfion:
tellement que Iunon, Alecto, Venus, & quelques autres
font aucunefois appellées Dieux, aucunefois Deeffes, ainfi
que celuy, qui en fait memoire, veut donner cognoiffance
de quelque fecrette conception. Il me fouuient auoir leu, que
les Carrenes honoroient en reuerente deuotion la Lune,
mais c'eftoit fouz nom mafculin, affeurans que ceux, qui
luy attribuoient nom feminin, tous effeminez & afferuiz
aux feminines & molles delices, chargez du Ioug infuppor-
table fouz le commandement des femmes, deuoient paffer
leur vie: & que ceux, qui la reueroient en Deité (comme
on diroit) mafculine, libres de toute effeminée feruitude ne
pourroient eftre prins aux retz des delicateffes feminines, mais tiendroient leur femmes fubiettes, & flexibles à
la bride de leurs volontez. Auffi pourrois-ie former affez
de caufes pour du nom de Dieu nommer la diuinité des Mufes. Toutefois pour mieux (& à la verité) m'efclarcir: par
ce Dieux, que i'ay dit, i'enten Apollon, qui eft chef du facré
cœur des Mufes. Ne peut donq' (dit elle) eftre fait un Poete fans la fureur des Mufes, & l'aide de ce Dieu? Cefte voftre queftion Pafithée (luy refpondi ie) ha efté debatue au
plus excellent degré de difpute par Platon: & fentiray ma
refolution impugnable, fi ie puis l'apuyer fus quelqu'une
de fes raifons. Toutes les humaines actions (dit-il) font con-
duites & gouvernées ou par la Fortune, ou par l'Art, ou
vrayement par la Diuinité. Confefferez vous pas aifement
cela à Platon? Vrayement (refpondit elle) i'ay depuis peu de
temps comprins en fon Diuine tant de fecrets, & me fuis
tant illuftrée de fa lumiere, que ie ferois ingrate & igno-
rante refufant fon authorité. Donq (fuiui ie) il me refte à

prouuer, que ny la Fortune, ny l'Art conduisent la Poetique action, à fin que ie vous face entendre que la seule Diuinité est liberale inspiratrice de ce don. Or pour tirer la verité plus aisement, & la vous offrir clerement à l'œil, retenez que l'action de la Poesie s'estent ou en ceux, qui escriuent
les vers, ou en ceux, qui les recitent & interpretent. Les
premiers s'appellent Poetes: & tels furent iadis Homere,
Thamire, Archiloque, Pindare, Hesiode, & la docte Sa-
pho, qui feit honneur à vostre sexe, Pasithée, & qui ne se
trouueroit auiourd'huy seule non plus, que les premiers Homere, Thamire, Pindare, & autres : lesquels vne petite
troupe de noz Poetes François represente si viuement.
Les seconds estoient nommez Rapsodes, à sçauoir ceux, qui
recitoient, chantoient, & interpretoient les vers escrits par
les premiers Poetes : ou Rabduches, pource qu'ils tenoient
en recitant vne verge en la main auec certaine façon tirée
d'vn fort ancien vsage qui surnommoit les chantres des
vers d'Homere, Homerides, suiuant lesquels Cynæthe em-
porta le premier bruit à Syracuse. Puis Ion, nommé hono-
rablement par Platon, & deuant luy Metrodore, Stesim-
brote, Glaucon. Et quelques autres Stichodes (car encores
estoient ils anciennement ainsi appellez.) Et Arnedes, c'est
à dire honorez d'vn agneau pour present & pris de victoire du mieux recitant de tous. Mais de nostre temps ie ne
puis alleguer personne pour exemple (car ie n'ose admettre
la translation en ce rang) estant tel exercice ancien depraué
par ie ne sçay quel badinage, & ridicule buffonnerie, que
ie laisse pour vous dire, que Ion estoit l'homme de son temps,
qui auec plus de grace chantoit, recitoit, & interpretoit les
vers d'Homere : ie di seulement d'Homere, car de ceux

[marginal note:] Ραψωδὸς, qui chante publique-ment, les vers d'au-truy.

[marginal note:] Ἀρνίον, Agneau.

C iij

d'Hesiode, ou d'Archiloque, il ne se pouuoit auec mesme
felicité empescher. Bien est il vray, que s'il entreprenoit de
reciter quelque traits d'Homere, toutes Homeriques af-
fections luy estoiët tant familieres, qu'il fleschissoit les escoutans là part, où tendoient les vers recitez d'esmouuoir passion. Si donq' telle energie eust esté des occurrences de fortune coutumiere de non poursuiure & entretenir constammët
vn mesme fil, il n'eut rencontré en tout (car telle n'est la façon fortuite) mais en partie seulement. En outre, Ion estoit
froid & sans grace à reciter les vers d'Archiloque, d'Hesiode, ou autre, combien que leur argument & subiet fut tel,
que celuy de son Homere. Mais s'il auoit acquis ses graces
par Art, pourquoy ne pouuoit il autant en l'vn qu'en l'autre, puis qu'en ce, dont vn Art est maistre, tout sien professeur
& artisan peut asseoir iugement? Vrayement puis qu'il
estoit inhabile aux vers, qui procedans de mesme Art, con-
tenoient (bien qu'Homere ne les eust escrits) le subiet Ho-
merique, & que seulement il estoit affecté à son Homere, ie
puis asseurer que l'Art (non plus que la Fortune) ne luy ser-
uoit de rië. Ie trouue (dit Pasithée) vostre coclusion pertinëte.
Ne demeure maintenant (adioutay ie) mon intention prou-
uée, que, puis que ce n'est ny la Fortune, ny l'Art, la seule
Diuinité conduit la Poesie? Non (me respondit elle) car vous
parlez des Rhapsodes, & interpretes, & non pas des Poetes. Ou vous auez (di-ie) enuie de me tromper, ou vous
feignez de non entendre la maniere de conclure. N'est il pas
tout euident, que si l'Entendement humain n'est capable par
Fortune, ou par Art, de bien entendre & reciter la Poesie
id escrite, à plus forte raison la mesme inuention luy sera
(s'il n'est aidé que de ces deux moyens) deniée? Il me semble

(*respondit elle*) *estre bien necessaire. Mais* (*poursuiui-ie*)
oyez à quelle grandeur ceste fureur guide ceux , qu'elle inspi-
re. Il est impossible qu'vn Poete (*tant exercité soit il aux*
bonnes lettres) *ait aprins toutes les sciences : pource qu'vn*
humain entendement ne les sçauroit comprendre , veu qu'à
peine peut il atteindre à l'accomplissement d'vne seule. Com-
ment donc sans vn instinct de diuine fureur pourroit le bon
Poete diuersifier son œuure de tant de fleurs cueillies tres à
propos au florissant verger de toutes disciplines? Mais d'où
viendroit celà, que le Poete admire (*i'ose dire trauaille à*
comprendre) *la grauité , & le sens de ses vers , que l'inter-*
ualaire fureur diuine luy ha dittez alors , que las, & remis
il s'est allenti & retiré du labeur, ainsi que le Dieu l'a laissé?
Ie di d'auantage , & en raporte le iugement à vous (*car*
bien que vous soyez Pasithée, si n'estes vous impassionnable)
que celuy, qui escoute, & entend le Rhapsode, chantre, ou in-
terprete de vers issuz du Poete, qui aura receu des Muses
l'infusion de quelque viue fureur, se sent esmouuoir le cou-
rage d'vne diuine agitation. Croyez donq que la fureur di-
uine, laquelle les Muses , & le Musagete (*ainsi se nomme*
leur guide Appollon) *inspirent , fait non seulement le bon*
Poete, mais encore abreuue de sa liqueur le Rhapsode,
& ceux, qui l'escoutent reciter les vers. Aussi est-ce, que
le grand disert Romain Ciceron entendoit, disant, en fa-
ueur du Poete Archias, que plus souuent la nature sans do-
ctrine, que la doctrine sans la nature auoit serui & valu à
la vertu & louange, appellant du nom de nature celle di-
uine agitation, comme vn peu apres il declaire, affermant
par l'authorité de grands & honorables personnages, l'estu-
de des autres choses consister en Art, preceptes, reigles, &

C iiij

doctrines, & le pouuoir du Poete estre naturel, comme
esueillé des forces de l'Entendement, & quasi esmeu & en-
flammé de quelque Esprit diuin. Vostre response ha suf-
fisamment satisfait à ma demande (dit lors Pasithée) mais
ce n'est assez, si vous ne me faites entendre quelle autre chose est appartenante à ceste infusion de diuine fureur. Pource
qu'en cecy (respondi-ie) comme en toute autre chose, ie desire de vous rendre contente, ie veux vous declairer vne
grande partie de ce, que les fables Poetiques ont touché des
Muses, sous l'escorce dequoy le suc & la moelle se trouue
de plusieurs bonnes doctrines : & vous en pourrez aisément recueillir ce, que vous demandez. Ie ne sçay (dit elle)
rien mieux, que les fables du cheual Pegase, de la fonteine
Cabaline, du mont Parnasse, & des neuf Sœurs, qui y habitent. N'est-ce pas tout ce qu'on dit des Muses? Cela en est
quelque chose (respondi-ie) mais le reste monte bien d'auantage. Alors Pasithée m'ayant dit l'enuie, qu'elle auoit d'ouir
le reste, & m'ayant prié de rentrer en propos, ie poursuiui
ainsi : Les opinions des anciens sont tant diuerses en la description des noms, & du nombre des Muses, que mal aisément pourrois-ie, sans vous ennuyer, deduire vne telle confusion : aussi me suffira il, recueillant la superficie des diuersitez legerement & succinctement, me haster pour m'attacher aux plus celebres opinions. Donq' les premiers faisoient
mention seulement de deux Muses, desquelles l'vne representoit la speculation, & l'autre l'action : pource qu'en ces
deux toute discipline est accomplie & absolue : ou pource
qu'en la contemplation, & en l'action, consiste l'entier estat
de ceste vie humaine. Mais, depuis que les disciplines &
sciences eurent rencontré cours plus descouuert entre les
hommes

hommes, le nombre des Muſes fut augmenté iuſques à trois,
auſquelles Oto, & Ephialte fils d'Aloée demeurans en
Aſcre pres d'Helicon, furent les premiers qui ſacrifierent,
& qui les enrichirent (ce que parauant elles n'eſtoient) de
noms appellans la premiere Melete, La ſeconde Mnime, &
la troiſieſme Aoide, approprians ces trois noms ſelon le train
qu'à leur iugement les profeſſeurs des doctrines doiuent ſui-
ure. Car par Melete (qui ſignifie du mot Grec Meditation) Μέλετη, me
ils entendoient le premier labeur du ſtudieux, qui, pour ac- ditation.
querir le ſçauoir, trauaille en diligente inquiſition de ſon
ſubiect : par Mnime (qui ſignifie au vocable de meſme lan- Μνήμη, me
gage memoire) ils entendoient que l'acquiſe cognoiſſance des moire.
choſes doit eſtre miſe en garde de la tenante memoire, pour
(ainſi qu'on peut tirer la ſignification d'Aoide, c'eſt à dire Αοίδη, cha
chançon) apres en parolle diſerte en faire part, & les com- çon.
muniquer à ceux, qui voudront eſcouter. Encores de ce
meſme nombre les anciens les nommerent autremēt, en conſideration des trois ſons, leſquels plus facilement l'on diſ-
cerne au tendre, ou au laſcher de la corde d'vn inſtrument,
ou en trois cordes diuerſes, ou inegallement tendues. La premiere eſtoit nommée Hypate, la ſeconde Meſe, & la tierce
Nete : pource que ces mots Grecs ſelon l'ordre, que ie les ay
nommez, ſignifient la baſſe corde, la moyenne, & la haute. Voyez en voſtre Leut (ce diſant i'auançay la main, &
le prins) la plus baſſe c'eſt Hypate, l'vne de ces quatrieſmes, ὑπάτη,
ie pourrois nommer Meſe, & celle, que vulgairement on corde du
nomme chanterelle, ſeroit Nete. Or pour en prendre autre bas.
exemple moins ſuperſtitieux, oyez ce ſon, & le retenez pour Μέση, cc
Hipate : oyez maintenant que, l'ayant tendue, elle ſonne du milie
plus haut, & ſoit ce ton, Meſe : mais oyez encor que, la Νήτη, cc
du ton p
aigu.

D

tendant d'auantage, elle resonne plus aiguément, c'est ce
ton troisiesme, que i'auois nommé Nete. N'auez vous pas
sensiblement comprins tant aux cordes diuerses, qu'en vne
seule, trois diuers sons? De ces sons estoient (comme ie
vous ay dit)nommées les Muses. I'ay (dit Pasithée)tres-bien
discerné la diuersité des sons, mais ie desire sçauoir, si les anciens se contentoient de trois tons simplement, ou s'ils igno-
roient les autres, lesquels nous diuersifions quasi en infinité.
Et de qui (luy respondi-ie) les tenons nous, sinon d'eux, qui
nous en ont laissé la cognoissance telle, que nous l'auons,
sans ce que le temps outrageux nous en ha desrobé? Ils
auoient entendu que les tons, que vous dittes estre diuersi-
fiez en infinité, n'excedent le nombre de sept, desquels le
premier estoit nommé Hypate, le second Parypate, le tiers
Lychanon, le quatriesme Mese, le cinquiesme Paramese,
le sixiesme Paranete, & le septiesme Nete. Car le huitiesme nommé par noz Musiciens double, ou octaue, n'est autre
chose que Hypate resonnée. Si est-ce que les sept sont nommez des trois Hypate, Mese, & Nete, que l'on renge aux
premiers quatriesme & septiesme lieux. Mais ie veux re-
seruer à plus propre loisir le discours de telle diuersité, &
pour maintenant vous suffise que tous les tons (i'ose encore
dire tous les accords) sont reduits en trois, occasion qui meut
les anciens en ce nombre restraindre les Muses : Aussi que
la perfection du nombre ternaire ha esté en tant d'estime entre les Pithagoriques, qu'ils l'estimoient estre la mesure de
toute chose : pource que l'Architecte souuerain de l'vniuers
dispense toutes choses en trois, & reduit tout en mesme trois,
comme ie pourrois dire le commencement, le milieu, & la
fin : le passé, le present, le futeur : la creation, l'accroisse-

ment, & la perfection : la bonté, la beauté, & la sapience : la cognoissance, le desir, & la iouissance. Ie laisse ex-
pres plusieurs semblables contemplations, que l'on adioute
à la louange de ce nombre. Et vrayement (puis que le cours
de ce subiet m'a conduit iusques icy) à ce mesme propos ie ne
veux oublier de vous dire : qu'encor les anciens (ausquels
sans estre tachez d'ingratitude nous ne pouuons refuser les
remercimens de toutes bonnes choses) disposoient les disciplines en trois genres : à sçauoir l'vn de Philosophie, l'autre de Rethorique, & le troisiesme de Mathematique,
accouplans vn genre desdites disciplines à chacune des
Muses, lesquels ils feignoient estre accompagnées des
Graces. Ne passez (dit Pasithée me coupant la parolle)
fil vous plait, ce mot des Graces, sans me faire entendre quelque chose de leur estat. Pour estaindre la soif, de
laquelle la studieuse & diligente curiosité vous altere
(respondi-ie) entendez qu'il est tout accordé entre les escri-
uans : qu'il y ha trois Graces (autrement dittes, du mot χάρις, bien
Grec, Charites) filles de Iupiter & d'Eurinome, desquel- fait gratieu-
les la race est feinte diuine pour conduire les hommes (en χάρι̃ες, les
imitation de la beneficence & iustice celeste) hors des brisées graces.
de l'ingratitude, autant nourrice, voire source de tout vice,
comme fa contraire, Gratitude, ou Recognoissance, est mere de toute vertu. A ces trois Graces Eteocle fils d'Andrée,
& Enipe, Roy des Orchomeniens, sacrifia le premier. Or
(pour passer legerement l'opinion des Lacedemoniens, qui
n'en recognoissoient que deux) de ces trois la premiere estoit
nommée Aglaie, la seconde Thalie, & la tierce Euphrosy- Ἀγλαία,
ne. Aglaie signifie splendeur, qu'il faut entendre pour celle splendeur
grace d'entendement, qui consiste au lustre de verité & de

vertu. *Thalie signifie la verde, aggreable & gentille beauté: à sçauoir celle grace des lineamens bien conduits, & des traiz, desquels la verde ieunesse embellie est coustumiere de plaire. Euphrosyne est la ioye, que nous cause la pure delectation de la voix musicale, & harmonieuse. Vous me refreschissez* (dit Pasithée) *la memoire des trois beautez desquelles, selon ce qu'auez dit, les trois Graces me semblent estre presidentes. Quelles trois beautez* (luy demanday-ie) *entendez vous? La beauté* (respondit elle) *de l'esprit, que ie recognois souz Aglaie, celle du corps souz Thalie, & la tierce de la voix souz Euphrosyne. Vrayement* (di-ie) *Pasithée, vous auez à propos & tres-gracieusement embelly de voz beautez les Graces. Ie n'enten* (repliqua elle) *que cest embellissement procedant de ma part empesche que vous ne continuez de les agencer, comme vous auiez commencé. Ie poursuiuray donq* (di-ie) *& vous feray ouïr vne autre signification de leurs noms. Car par Aglaie est entendu, le contentement, que le bien-fait apporte: par Thalie la tousiours fresche & verdoyante memoire, que nous en deuons auoir: & par Euphrosyne la commune allegresse & de celuy, qui donne, & de celuy, qui reçoit. Vous ennuira il point* (me demanda elle) *de dire qu'entendoient les Lacedemoniens par les deux Graces, desquelles vous m'auez touché vn mot? Par l'vne* (respondi-ie) *ils entendoient le bien-fait non vanté: & par l'autre, la recognoissance procedante d'vn cœur ouuert & non feint: l'vne estoit nommée Clite, & l'autre Phaene. Mais, retournant aux trois, elles ont esté peintes toutes nues, pour faire entendre que le bien-facteur ne doit enrichir son bien-fait de parolles recommandables & en sa faueur: bien qu'autrement elles*

furent formées vestues par Socrate lors, qu'il manioit encor le ciseau, le maillet, & la pierre, declairant que le bien-
fait (tant s'en faut qu'il doiue estre reproché) doit estre teu,
& celé de celuy, duquel il procede. Et vrayement ie vous en
pourrois faire voir vn pourtrait de main (quelle qu'elle soit)
tres-experte : auquel l'vne (& c'est Aglaie) tient vne rose:
Thalie vn dé à la mode des anciens Thales : & Euphrosyne vn grand rameau de Myrte, signifiant la ioyeuse & gracieuse facilité, auec laquelle les bien-faits reconcilient les
discords, ou lyent plus estroittement ceux, qui par amitié
desià se sentent entr'obligez. Reste encor à n'oublier (selon
l'aduertissement que Platon feit à Zenocrate, homme triste
& seuere) que ceux, qui desiroient adoucir l'aigreur de leur
mœurs difficiles, & intraitablement melancholiques, estoiët
coustumiers de faire vœux, & sacrifice aux Graces pour
retourner (côme l'on dit) en la grace des Graces. Vous donq
(dit Pasithée souriant) leur deuez & vouer & sacrifier en
feruente deuotion, à fin que ceste vostre trop continuelle melancolie s'euapore, & vous soyez retiré de la triste solitude,
qui vous essime, & consume. I'ay (luy repliquay-ie) long
temps ha, sacrifié à vne Grace seule accomplie des Graces
des trois autres, ainsi comme elle porte le nom de l'vne : de
laquelle, combien que ie luy aye voué & offert mon tout,
ie ne puis impetrer gracieuseté suffisante pour me rendre
moins disgracié. Vous le sçauez Pasithée : car c'est à vous à
qui ie m'adresse, & qui portez le nom, que les anciens ont
attribué à Euphrosyne : vous le sçauez, si i'adore, ou si ie
fains & dissimule la seruitude. Et quand bien vous fer-
meriez l'huis à vostre credulité, n'ay-ie pas desià fait preuue de ma deuotion ? N'est pas encor' le brasier de mon affe-

ction ardent deuant voſtre image? Les inconſolables plaintes de mes peines ont elle point penetré iuſques à voʒ oreilles
& les effects de ma fureur (puis qu'il faut que ie le die) vous
ſont ils incogneuʒ? Deà Solitaire (dit Paſithée ſourougiſſant
& interrompant mon propos, lequel, comme tranſporté, ie
voulois faire filer plus longuement) ie vous prie ne vous al-
tereʒ pour ſi peu. Se peut il faire qu'vn mot vous eſlance ſi
viuement, qu'il vous ſoit force (pourſuiuit elle ſe r'aſſeu-
rant auec vn modeſte ſouʒris) comme mal-mené de vous
reuolter contre moy, & venir aux outrages? Haa non, voʒ
doleàces me ſont aſſeʒ familieres. Donq ne permettez qu'elles banniſſent maintenant & les Muſes, & les Graces de
ce lieu. Pardonneʒ moy Paſithée (luy di-ie, ayant d'vn ſou-
pir fait place à ma parolle) & croyeʒ non mon impacience,
mais la violence de mon affection m'auoir ſi legerement
pouſſé à telle faute. Toutefois vous demeurant en ce lieu,
mes tenebreuſes & triſtes parolles n'en pourroient chaſſer
les Graces, deſquels vous me ſemblez eſtre l'vnique ſimula-
chre: & moins les Muſes, qui vous recognoiſſent pour leur
Minerue. Et à fin que ie retourne à elles, vous ayant dit ce,
qu'il me peut eſtre en memoire des Graces, i'adiouté, que par
les trois Muſes aucuns ont entenduʒ les ſons procedans de
deux manieres d'inſtrumens: à ſçauoir de ceux, qui ſ'enton-
nent du vent, comme fleutes & les ſemblables: & de ceux,
qui reſonnent au maniment des cordes, comme Lurs, Lires,
& autres: puis pour la troiſieſme les ſons procedans de
voix naturelle, & animale. Mais il eſt temps que i'accroiſ-
ſe ce ternaire, &, ſans m'abuſer longuement ſus le nombre
de quatre approprié aux Muſes pource que les inſtrumens
muſicaux de ce temps là eſtoient diuerſifiez en autant de

tons, ou montez d'autant de cordes : ny sus le nombre de
sept, representant auec sept Muses les sept tons, desquels ie
vous ay parlé, ou les sept Arts liberaux : il est temps (di-ie)
que i'entre au plus plaisant espace & vsité chemin de ce mië
petit voyage, pour rencontrer le nombre plus commun &
parfait des Muses, qui sont neuf filles de Iupiter, & de
Mnemosine, ou Memoire. Ce nombre semble auoir esté engendré du ternaire, que i'ay approprié aux trois Muses,
aux trois Graces, & aux trois especes des disciplines. Premierement, suiuant l'histoire recitée qu'en la ville de Sicyon
l'on entreprint de faire trois statues des trois Muses, ou
(comme disent aucuns) des trois Graces pour estre dressées
en lieu, d'où elles peussent seruir de souuenir : combien celles,
qui estoient representées (ou fussent les Muses, ou fussent les
Graces :) car i'ay leu & l'vn, & l'autre, apportoient de
commodité à la vie humaine, selon les puissances, qui leur
estoient attribuées ? Et pour les auoir plus parfaites, furent
esleuz trois Statuaires excellens chargez chacun d'en faire
trois, à fin que de neuf les trois plus accomplies fussent choi-
sies pour satisfaire au vœu. Mais estant aduenu, que, les
images acheuées, les trois Statuaires auoient tant egalement attaint au but de perfection, qu'il ne fut possible de
preferer l'vn à l'autre ouurage par edit, les neuf (au lieu de
trois) furent esleuées & dediées à neuf nouuelles Muses
nommées depuis par Hesiode. D'auantage ce nombre de
neuf est creé du ternaire des disciplines procedant de chascune vnité vn ternaire, chose que ie vous feray euidente, si
vous voulez ouïr de quantes pieces chascune des trois disciplines est accomplie. Continuez Solitaire (dit elle) car vous
voyez comme ie suis toute intentiue à voz parolles. La phi-

Μνημοσύνη,
memoire.

lofophie (*pourfuiui-ie*) *premiere difcipline fe diuife en trois,*
ayant pour fa premiere partie celle admiratrice & amie de
la verité fimple : i'enten la raifon, vagant ordinairement
par la contemplation de l'ame raifonnable, qui par elle f'ef-
lieue iufques à la profonde fapience incomprehenfible bonté,
& beauté incomparable, de la fource (c'eft Dieu) des fa-
piences, bontez, & beautez qui peuuent rauir en admira-
tion l'humain entendement. La feconde partie confifte en
celle humaine & neceffaire diligence (ie l'enten neceffaire
pour l'entretien de la tranquilité iointe au commerce &
compagnie des hommes) auec laquelle l'on ha rabotté les
fcabreufes, brufques, & barbares mæurs : &, les polif-
fant, l'on les ha rendues faciles, accointables, & traita-
bles, ioignant auec vne compagnable & politique ligature,
les mæurs des hommes mieux compatiffans, & fymmetriez
enfemble. A quoy femble en bon ordre fucceder le troifiefme
membre de ce corps philofophiq qui trauaille en la curieufe
recherche des æuures de Nature non contente de recueillir
la cognoiffance de la faculté des corps fimples, euidens, &
ordinairemēt occurrens fus la fuperficie de la terre. Mais en-
cor (voyez la fongneufe indagatrice) comme anatomifant
les inteftins de Nature, arrache les caufes naturelles des
chofes dehors des tenebres, où la difficulté, & l'ignorance
les tiennent enfeuelies. Ainfi de l'intellectuelle, & contem-
platiue raifon de la vertueufe bride refrenante les mæurs,
& de l'obiect des corps, & naturelles caufes d'iceux, font
faictes trois pieces de difciplines, Theologienne, Morale, &
Naturelle, r'affemblées en la compaction d'vn parfait corps

Que c'eft
que Rheto
rique. *philofophique. La Rhetorique, feconde difcipline (qui n'eft*
autre chofe qu'vne induftrie de flefchir en bien difant les
courages

courages des escontans reçoit mesme diuision : de laquelle la
premiere partie est celle agreable façon de bien dire, qui louë,
ou vitupere disertement son subiet entrepriz. La seconde
s'exerce à suader, ou dissuader vn fait mis en auant, tas-
chant de donner à entendre qu'il soit bon, ou mauuais de
l'executer. Et la troisiesme (plus familiere en noz Senats)
se peine, par accusation, rendre vn coupable puny, ou par
deffense mouuoir les iuges à l'absolutiõ de l'accusé: & nomment les professeurs de Rhetorique, le premier genre, De-
monstratif, le second Deliberatif, le dernier, Iudiciaire.
Reste maintenant la troisiesme discipline à diuiser, c'est la
Mathematique, de laquelle la premiere partie ioint à l'vni-
te les nombres, & ces nombres accouple, diuise, soutrait,
discerne, & accorde les paritez, ou imparitez, en autant
infiniés façons (peu s'en faut) que les nombres se peuuent
estendre en infinité. La seconde auec sens & iugement, con-
sidere & discerne les differences des sons aiguz, & des sons
graues, montrant encor comme l'on peut accorder diuers
sons, & diuerses voix, & harmonieusement en diuersifier
vne. La troisiesme compasse la Terre, & le Ciel, & mesure leurs hauteurs, profondeurs, longueurs, largeurs, ap-
propriant l'vn à l'autre en tres-iuste & infallibles dimen-
sions. De ces trois la premiere est nommée Aritmetique, la
seconde Musique, & la tierce Geometrie, comprinses souz
ce nom de Mathematique. Voila comme les anciens, ayans
en la diuision de ces trois disciplines augmenté le nombre
ternaire en neuf, voulurent ce mesme nombre estre attribué
aux Muses, lesquelles ils iugeoient presider sur toutes disciplines. Ie pensois, ayant poursuiui mon discours à ce bout,
auoir assez dit : & demeuré muet, ie regardois Pasithée,

Mathemati-
que & ses
parties.

Aritmeti-
que, Musi-
que & Geo
metrie.

E

quand : *Et bien (dit elle) ne voulez vous autrement satis-*
faire à l'enuie, que i'ay d'esclarcir en mon esprit ie ne sçay
quelle espesse, & nebuleuse souuenance, qui m'est sur-née en
vous escoutant ? Vrayement vous ne m'auez encor rien dit
(ce me semble) des Muses, desquelles vous m'auez promis
tant de choses. Lors, m'estant excusé sus la crainte de l'ennuyer, & elle m'ayant osté ce doute, ie poursuiuis : Combien que grande soit la diuersité des raisons, qui ont esmeu
les anciens à feindre neuf Muses, si ne s'en trouue il point
qui ne semble estre fondée sus assez bon respect : & puis-que
vous le me commandez, ie tascheray, non par tel ordre que
vous pourriez desirer, mais comme ie pourray, l'arracher
de ma memoire, de vous entretenir de ce, dont il me sou-
uiendra. Ie di donq, que la plus frequente & vulgaire

Muses en-
gédrées de
Iupiter.

opinion est, que Iupiter engendra en Mnemosine les Muses
c'est à dire, que le Createur souuerain de tout (que les anciens couuroient du nom de Iupiter) ha produit de sa memoire (car cela signifie Mnemosine & cognoissance de soy), les
Muses, à sçauoir les entendemens esleuez aux conceptions,
& contemplations des choses eternelles, ausquelles non la
corporelle matiere, mais seulement l'intellectuelle partie
peut attaindre. Aussi Platon deduit les Muses d'vn verbe

Μῶσϑαι, en
querir.

Grec, signifiant s'embesongner à rechercher diligemment:
comme qui nommeroit les Muses, recercheuses (si vous rece-
uez ce mot) ou indagatrices, veu qu'elles recerchent la cognoissance des choses hautes & celestes, suiuant les traces
des naturelles, sensibles & Mathematiques : ioint que

Ελίσσω, ie
tourne l'in-
uolue.

Helicon (montagne de .... ui peculiere & ordinaire demeure) signifie, (sans trop eslongner) l'etimologie du
mot, vn ordre ou reuolution souz quoy ie comprens l'infi-

finie sapience, par laquelle les entendemens contemplateurs
courent & discourent infatigablement, soit ou par la haute meditation des mystiques & secrets sens de la profonde
& sainte Theologie, ou vrayement par l'admiration des
œures naturelles, comme semblent designer les deux sommets, qui monstrent cest Helicon fendu & separé en deux.
Quelques autres croyent, que l'on feint les Muses habiter
les montagnes, pource-que les lieux moins frequentez &
plus solitaires, semblent estre plus delectables aux hommes
studieux : & que les sommets d'Helicon, denotent que l'entendement, auec la sapience, les sciences & disciplines par
luy acquises, reside en la teste, comme au plus digne & eminent lieu de la personne. Encor n'est à ce propos impertinente l'interpretation de ceux, qui disent, les Muses estre
appellées filles de Iupiter & de Memoire : pource que, à
qui desire s'enrichir de science & discipline, la force & vertu de l'entendement & de la memoire, est insignément, &
necessairement necessaire. Vous oubliez (dit Pasithée) de me
declairer leurs noms. Ie ne l'oubliois (repliquay-ie) mais
i'attendois de les nommer à ce propos. Platon au dixiesme
de l'institution de sa chose publique (attribuant à chascune
Sphere vne Syrene qui chante) semble vouloir entendre
les Muses, par celle consonance parfaite en accord des huit
Spheres, desquelles chacune en represente vne : & l'entiere
symphonie composée des huit, figure la neuuiesme, nommée
Calliope pour son excellence, tenant (au tesmoignage de tous   Calliope ho-
les Poetes) le premier & plus honorable lieu, comme aussi   norée entre
en leur assiete Celeste elle embrasse tous les autres degrez.   les Muses.
Car à la premiere Sphere, où sied la Lune, est ordonnée
Clion : & , suiuant le nombre selon le rang que ie leur don-

neray, à celle de Mercure Euterpe: à Venus Thalie: &
Melpomene au Soleil, fus lequel Terpfichore accompagne
Mars, & Erato Iupiter: puis Polymnie Saturne, eftant la
huitiefme Ouranie logée au ciel eftoilé: mais la neufieme (c'eft
Calliope) embraffant les huit, prefide & comprend feule
toute l'harmonie. Toutefois ceux, qui font Bacchus compagnon des Mufes (car aucuns les accompagnent d'Apollon,
ou d'Hercule, auquel on dreffa anciennement vn autel commun aux Mufes auec luy, pource, poffible, qu'il inftitua
aux lettres Euander, autres de Pallas Minerue) tranfpor-
tez de plus haute contemplation, difent, que les Cieux ont
chafcun vne ame pourueue de deux puiffances: l'vne intentiue & continuellement vacante à la cognoiffance & contemplation de fon eternel facteur, le Moteur premier: &
l'autre en la viuifiante action du peculier mouuement, &
gouuernement de fa fphere: & à chacune de fes ames donnent deux noms: attribuant à la premiere puiffance, que ie
dy intentiue, à fon premier Moteur, le nom d'vn Bacchus:
& à l'autre, motrice, & gouuernante, le nom d'vne Mufe: mais non en obferuation de l'ordre que i'ay defià defigné:
car ils nomment au Ciel de la Lune celle premiere puiffance,
Bacchus licnite, & la feconde Thalie: En Mercure, Bacchus, Silene, & la Mufe Euterpe: En Venus Bacchus li-
fie, & Erate la Mufe: En la Sphere Solaire, Bacchus
Trieterique, & la Mufe Melpomene: puis Bacchus
Baffarée, & la Mufe Clion: en celle de Mars, & en celle
de Iupiter, Sebafie, & Terpfichore: demeurant pour Saturne auec Bacchus Amphiete Polymnie: Puis au huitiefme
Ciel Bacchus Pericionie, & Ouranie. En fin pour la premiere puiffance de l'Ame du monde, Bacchus Eribrome, &

pour la seconde Calliope, la Princesse des Muses. Comment
(dit Pasithée) se peuuent assembler les Muses auec ces Bacchus ? Celà (respondi-ie) se doit entendre , que les Entendemens esleuez en contemplation & cognoissance de la diuinité sont enyurez du Nectar diuin : c'est à dire, iouissent en
rauissement inexplicable, de la verité & lumiere eternelle
& diuine, en laquelle, selon les Platoniques, consiste le souuerain bien de l'humain entendement. Et pource qu'encor
le Monde elementaire est viuant (comme soustiennent les
Theologiens Etniques : car les Hebrieux n'estoient de ceste
opinion) & pourueu d'Amè , ainsi que les Spheres, ils ap-
proprioient à la premiere puissance de l'ame de la Terre
Pluton, & à la seconde Proserpine : A l'Eau Ocean, &
Tethis à l'Air , Iupiter foudroyant & Iunon : & au feu,
Phanete, & Aurore. Ceste assemblée des Muses, & de
Bacchus (dit Pasithée) me semble tres-subtilement inuen-
tée, & me fait prendre enuie de sçauoir pareillement l'opinion de ceux , qui font Appllon compagnon des Muses. Apollon cō-
pagnō des
neuf Muses
Apollon entre tous les Dieux poetiques (poursuiui-ie) est le
plus desguisé par fables & etimologies de son nom , comme
de Platon en son Cratile , & de ceux qui se sont delectez à
la description & interpretation des fables. Et pource-que
ie semblerois oisiuement & impertinemment parler , vous
remplissant les oreilles du vocable Grec Apollon , qu'ils ont
desciré, & recousu en tant de sortes, etimologisant & for-
mant des mots , ou selon la propriete de leur langue , ou à
leur fantasie, ie laisseray ce poinct, & ces diuersitez pour le
vous rendre simplement compagnon de noz Muses. Si bien
(dit-elle) la langue Grecque ne m'est la plus familiere &
visitée, si me plairay-ie du moins (encor que ie ne mire beau-

coup à la diuersité des langages) à ouïr quelques vnes des
Grecques opinions à ce propos. Ie suis (repliquay-ie) prest
à vous en satisfaire. Donq ils ont nommé le Soleil, Apollon,
d'vn mot signifiant perdre ou destruire, pource que par sa
chaleur il consume le suc des herbes verdoyantes, lesquelles
il rend auec les fleurs seiches & fenées : ou bien pource que
par l'intemperie de sa chaleur, il perd & occit de peste les
animaux. Ils l'ont nommé Dieu des diuinations, pource-
que le Soleil descouure & met en lumiere les choses obscu-
res. Encore il est nommé (& ceste Etimologie prinse des
Latins n'est impropre à nostre langue) Soleil, comme estant
le seul œil du Ciel, qui nous esclaire le iour, & qu'entour
les Poles il circuit & enuironne le monde. D'auantage, on
luy attribue vn char à quatre roües, pource qu'il accomplit
son cours de l'an en quatre saisons diuerses, selon son mouuement. Puis quatre cheuaux luy sont attelez pour l'esgard
des quatre parties du iour : car le premier cheual, nommé
Erithrée, signifie rougissant : aussi le Soleil au matin, se
descouure en vne lumiere rougissante : Le second Aethon
(c'est à dire luisant) represente celle partie du iour, lors qu'il
entre en sa plus resplendissante & lumineuse vehemēce : Le
tiers se nomme Lampros, qui signifie celle part du iour,
quād le Soleil est monté au centre de son cerclé : Et Philogée,
aimant la terre, signifie l'heure que se baissant, il va en
l'Occident. En outre, ils nomment Apollon, comme deli-
urant & nettoyant, pource qu'il est Dieu de Medecine, qui
nous guerit & purge des maladies. Ils le nomment Hecatæe
& archer, pource-que les raiz solaires sont ainsi que flesches incessamment descochées sus la terre : aussi le peingnent
aucuns, ayāt à main droite les graces, & en la gauche tenāt

Marginal notes (left column):

Ἀπολλύω, ie perds, ie destruis.

Ἀπλῶ, simplemēt descouuert, ou Ἀπολόω, ie declaire. Soleil.

πολεῖν, tourner. πόλος, le Pole.

Ἐρυϑρίας, rouge, ou rougissant. Αἴϑων, ardēt, resplendissant.

Λαμπρός, clair, estincelant. φίλος, ami. γαῖα, terre. Ἀπολύω, ie deliure.

l'arc & les flesches, pource qu'il est plus salubre que pesti-
letiel. Doy-ie oublier le fameux nom de Pythien deduit d'vn
Dragon nommé Python, ou de Python homme violent &
outrageux, surnommé Dragon, vaincu par Apollon, encou-
ragé de Latone, luy criant & recriant, Ie Pæan, Ie Pæan:
exclamation depuis tant vsitée aux combats, & victoires
des ieux & exercices anciens? L'on croit ceste aduanture
auoir presté l'argument de la plus ancienne Poesie imitée par
les Tragiques & Comiques souz vn tel ordre que de cinq parties. La premiere nommée Peira, representoit le Dieu dis-
courant & deliberant, si tel combat estoit receuable pour
tout respect. En la deuziesme Cataceleusine, Python estoit
deffié & attiré au combat. En la troisiesme appellée Iam-
bique s'oyoit le bruit du combat, apres lequel la quatriesme
partie, à sçauoir Spondaïque crioit la victoire suiuie d'vne
ioyeuse fin, celebrée & surnommée Catachoreuse Epini-
cie. Ie m'osterois l'occasion d'vn autre propos vous entrete-
nant des oracles de ce nom: & adiouteray le sur-nom Del-
phien, tiré du mot Grec Adelphos, pour fraternité estimée
entre Denis & Apollon. Mais que voudrois-ie plus longuement vous entretenir d'vne mer de varieté, qui me pous-
seroit tousiours plus loing de nostre propos encommencé? Declairez moy donc maintenant (dit elle) pourquoy l'on le renge auec les Muses. Pource (respondi-ie) que le chant est propre exercice des Muses, & peculiere industrie attribuée au
Musicien Apollon: aussi pource qu'elles neuf (auec Apollon)
representent dix instrumens, membres, parties ou organes
du corps, qu'il est besoin d'employer pour former la parolle,
& voix articulée. Premierement sont necessaires quatre dens, qui occupent le rang de deuant, droit au mi-

Le chant
vocal, exer-
cice des
Muses.

lieu de l'ouuerture de la bouche, contre lesquelles la langue
frappe. Or si vne ou deux de ces dens defaillent, la parolle
interrompue d'vn sifflement indecent, demeure imparfaite
& mal gracieuse. Plus, les deux leures, qui (selon qu'elles
sont fermées, ou bien ouuertes) accommodent les mots, que
la langue articule, ainsi qu'elle se courbe, flechit ou con-
tourne en vn ou autre costé du palat, qui de sa concauité
(comme par repercussion) engendre & repousse le son auec
l'aide que luy est departie par la respiration, & haleine,
que les polmons (comme soufflets) poussent & retirent par
l'artere, autant qu'il est besoin d'en restraindre, ou dispenser
à cest office. Ceste est vne raison de l'accointãce d'Apollon &
des Muses, à laquelle l'on peut adiouter, qu'estant les Muses appropriées au Ciel, il semble estre assez raisonnable
qu'elles soient familieres du Soleil, nommé Apollon, lequel
les Philosophes ont iugé Prince, & recteur du Ciel, où il fait
la reuolution de son cours par symmetrie tant bien ordonnée, qu'il attaint & illustre toutes les parties du Monde, &
fait qu'en vne rithme on obserue mesure, vne consonnance
mutuelle, & commensuration des temps, & faisons l'vne
à l'autre infalliblement consequutiues. D'auantages, pource qu'il conduit les voix des animaux, & les sons des choses non animées, il est dit conducteur des Muses, entre lesquelles il acquiert tant bon nom de Musicien, qu'il est receu
pour maistre du sacré cueur des neuf pucelles. Puis (dit Pasithée) que vous rentrez au propos des Muses, me sçauriez
vous dire, pourquoy l'on leur attribue plustost le sexe feminin, que le masculin? Il est (respondi-ie) assez euident qu'en
plus grand nombre les perfections sont nommées femelles
que masles, ainsi que la femme est embellie de plus de diuer-
                                                          les

*Accointan-
ce d'Apol-
lon auecles
Muses.*

*Epithetes
d'Apollon.*

fes perfections, que l'homme donq, entre les autres, estant
les vertuz & les sciences feminines, il sembloit estre neces-
faire, que les Muses encor fussent nommées de mesme sexe,
pour montrer, qu'ainsi que la femme est excellemment con-
stante, l'erudition & la vertu sont la plus stable & immuable possession, que l'on se puisse acquerir, ne receuant
(au parangon de soy) l'approche d'autre (tant grande soit
elle) excellence. Lors en souriant, ie vous remercie Solitaire (dit Pasithée) de l'aduantage, que vous donnez à ce sexe
accusé ordinairement d'inconstance & legereté. Mais ie
crain que ce-que vous en dittes, soit plus pour me contenter (car possible soupçonnez vous que ie me laisse auec plaisir chatouiller aux louanges) que pour resolution verita-
ble à ma demande. Non, non (luy respondi-ie) Pasithée:
ie m'asseure que vous ne me tenez en reputation de ceux qui
vsent leurs langues en flateries: Bien veux-ie vous ad-
uertir (puis-que vous m'auez piqué) que ce-que i'ay loué
en vostre sexe est l'vnique faute que ie plain (pour n'oser dire blasmer) en vous. Comment donq (repliqua-elle) pensez
vous que ie sois tant mal née, que la vertu puisse empirer,
pour se loger en moy? I'enten (adioutay-ie) que la constance en vous accompagnée de tant d'excellences, est l'Impiteux
Tyran, qui sous vostre obeissance (Pasithée) me persecute
& tient en martire insupportable & continuel: car, ayant
mon iugement assiz sur la cognoissance des rares vertuz, &
accomplies perfections qui vous decorent, engendre en moy
vn desir d'attaindre où l'Amour me contraint d'aspirer. Ie
rencontre vostre constance armée de liberté, qui vous sert
d'vn si ferme appui, que ie ne puis tant soit peu, vous flefchir en vne simple estincelle de reciproque affection. Ainsi

Pourquoy le sexe feminin est attribué aux Muses.

F

la conſtance en vous m'eſt autant nuiſante & ennemie,
(puiſ-que ſi fermement elle eſt clouée à voſtre liberté)comme
de tout amant aimé elle eſt deſirée & louée en ſa maiſtreſſe
aimée. I'enten bien que c'eſt, Solitaire (dit elle) Vous auez
enuie d'entre-rompre auec voz plaintes la continuation de
noſtre diſcours : mais ſi n'aurez vous de moy replique à vo-
ſtre dernier propos pour maintenant : parquoy ne laiſſez de
me dire, ſi vous ſçauez quelque autre raiſon, qui ait eſmeu
les anciens à feindre les Muſes femelles. Combien (luy reſ-
pondi-ie) qu'il me fuſt plus agreable de me douloir de vous
à vous, pour du moins eſſayer d'eſclarcir l'euidence,qu'auez
deſià de ma ſeruitude, ſi attendray-ie vne autre opportuni-
té, pour (vous obeiſſant) adiouter à ce-que ie diſois qu'en
reſpect de la fertilité & feconde abondance des diſciplines,
(dont l'entendement ſe remplit, par pluſieurs & diuerſes
cognoiſſances) l'on comprend les Muſes ſouz des noms femi-
nins : ou pour le grand fruict, qui naiſt de l'eſprit, enceint
de bon iugement, ainſi que la femelle feconde conçoit, &
d'elle prend la creature naiſſance. D'auantage, les Muſes
(à fin qu'encor ie vous declaire quelque vne de leur façons
de faire) entre-lacées l'vne auec l'autre dançent en chantant
des Hymnes,appropriez aux louanges des Dieux: & ſigni-

Proprieté
des Muſes. *fie tel entre-lacement, que la vertu ne peut eſtre ſeparée ou*
deſioincte des ſtudieux & ſinceres amateurs de ſapience &
doctrine. Par là dance ſ'entendent l'allegreſſe, le contente-
ment & la dexterité d'eſprit que les lettres apportent: &
par les Hymnes diuins, eſt ſignifié, que le fondement &
certain principe des diſciplines, eſt d'eſtre touſiours eſleué

Muſes dites
pucelles. *vers la diuinité, & ayant Dieu en la bouche, former en ſon*
ſaint vouloir l'exemplaire de ſa vie. Mais i'oubliois quaſi

qu'elles sont dites pucelles & non mariées: pource-que les
disciplines & vertuz peu familieres & pratiquées, sont
moins affectée ou ornées de superfluité ambitieuse: ainsi que
les vierges retirées en lieu escarté, non fardées, sont conten-
tes de leur naturelle beauté, sans affecter le decorement &
agencement exterieur. Or ne pensez que ceux qui les ont ai-
mées par le passé, ayent oublié aucun trait de leurs formes.
Vrayement i'ay souuenance, qu'ils leur ont attribuez des
cheueux noirs, ou à cause des secrets recelez sous l'obscurité
(de laquelle la couleur noire est vn propre symbole) des fables, & poesies: ou biē pource-que l'obscurité de la nuit semble estre plus propre & cōmode au studieux labeur & à la
profonde contemplation des choses hautes, & meditation
des disciplines. Encor me souuient il qu'elles sont coronnées
de Palme, nommée par les Grecs Phœnice: pource-que les
Pheniciens (bien que cela non encor resols soit mis en con-
trouerse) ont gaigné la reputation d'auoir esté les premiers
inuenteurs des lettres: ou (& plus vrayement) pour la nature de cest arbre, qui est tousiours verdoyant, fecond, &
fertile de fruits doux, de longue durée, enuieillissant aussi
tard, comme il est lent à croistre en sa parfaite hauteur, qui,
toutefois, deuient telle que mal-aisément l'on peut monter à
sa cime: ainsi que les Muses sont fertiles de diuerses disciplines, & que la cognoissance d'icelles est plaisante, mais lōg en
est le labeur, & tant haute la perfection, que mal-aisément
y peut on attaindre. Quelques autres ont dit qu'elles ont des
cornes de plumes, d'où les Poetes feingnent leurs parolles
aslées, & leurs vers volans. Ils ont tiré ces manieres de parler (si ie ne me trompe) d'vne ancienne fable, qui ne vous
sera ennuyeuse. Iunon autant ennemie de la race, laquelle

Muses co-
ronnées de
Palme.
φοῖνιξ, pal-
me.

Fableioyeu
se.

F ij

*Iupiter son mari multiplioit en tant de diuers lieux, que ia-
louse des meres, desquelles il s'acointoit, taschoit par main-
tes preuues (comme vous auez leu en cent endroits dans les
Poetes) de satisfaire à son implacable colere: & insatiable
desir de vengeance: chose qui l'esmeut (entre autres essaiz de
son animosité) de persuader aux Sirenes enflées de la reputation qu'elles auoient de bien chanter, & assez promptes
& familieres d'en faire montre, de deffier les Muses, & faire auec toute industrie leur deuoir de les vaincre, ce qu'elles
entreprinrent assez legerement: mais elles encor plus legerement furent vaincues, n'estant en rien leur chant parangon-
nable à celuy des Muses, qui, pour enseigne & signe de leur
victoire, leurs arracherent les plumes & s'en feirent les co-
ronnes, desquelles (comme i'ay dit) l'on les feint estre ornées,
pour signifier que les mauuais & ineptes Poetes, coustumiers de s'attacher (en mesdisant) aux bons, en fin sont
vaincuz, & ne rapportent de leurs folles & outrecuidées
entreprinses, que la honte & le deshonneur, vnique prix
deu à leur impudence. Ie n'ay (dit Pasithée) iamais bien
entendu quelles sont ces fabuleuses Sirenes. Les fabuleux
escriuains (di-ie) en ont escrit diuersement: car les premiers
ne faisoient memoire que de deux, desquelles ie n'ay (s'il
m'en souuient) iamais trouué les noms, ny autres chose di-*

Quelles e- *gne de voz oreilles. Et pour ceste cause, il me suffira de vous*
stoient les *faire ouir ce que i'ay en memoire de l'opinion plus familiere*
Sirenes. *(des doctes: suiuant laquelle, ie di qu'il y auoit trois Sirenes:
l'vne nommée Parthenope, l'autre Ligie, & la troisiesme
Leucosie.) Elles (entre autres choses, qu'on en recite) estoient
tãt intimes amies & fidelles cõpagnes de Proserpine, fille de
Ceres, qu'elles estoient tousiours ensemble, & mesme quand*

Ceres fut rauie. Parquoy elles esmeues du iuste dueil de la
perte de leur chere compagne, entreprinrent de n'oublier
aucune partie de la terre, en laquelle elles ne la cerchassent.
En fin, estant leur trauail vain, elles impetrerent des Dieux
les æsles, à fin que plus aisement elles peussent suiure toutes   Pourquoy
les eaux, & là trouuer ce-qui leur auoit esté denié de ren-   les Sirenes
ont æsles.
contrer en la terre. Ainsi elles furent transformées en oiseaux, retenant toutefois la face feminine, & la douceur
de l'harmonieuse voix. Mais tel essay n'apporta aucun
fruit, & ne peurent onques rencontrer leur compagne.
Dont ennuyées iusques au desespoir, s'arresterent en la mer
Sicilienne, où par leur chant elles attiroient les nauigans: &
les ayant endormis, les faisoient noyer. Les autres disent,
que les Sirenes estoient femmes douées de tres-seraines &
harmonieuses voix, qui seiournants en vne Isle donnoient
par leur chant tant de delectation aux passans, qu'ils s'ar-
restoient, & s'oublioient tellement, qu'ils en mouroient: Ou
selon vne autre opinion, les Sirenes sont petits oiseaux,
ayans la face comme vne femme, qui chantent fort melo-
dieusement: mais l'vnique fin de la volupté de leur musique,   Sirenes
meurent en
chantant.
est la mort. Encor me souuient il auoir leu, qu'elles ont la
partie superieure comme vn passereau, & l'inferieure comme femmes difformes par quelque ressemblance d'vn Coq.
Les Poetes (dit Pasithée) ont ils tant diuersifié ces Sirenes,
sans cacher souz telles fables quelque sens de plus solide erudition? Combien (luy respondi-ie) que ie ne sois de l'opinion
de ceux, qui estiment que des fables vne grande partie est
plus vestue de delectation, que remplie de secrets ou natu-
rels, ou moraux, ie ne pense toutefois estre chose fort necessaire de s'effiler le cerueau à tant serue curiosité: aussi

que si desià ie vous en ay fait ouir quelques allegories, ie ne
pourrois pourtant vous promettre de continuer en toutes les
autres fables. Et vrayement (si ie le faisois) vous m'estime-
riez plus ocieux, que discret à la despence du temps & des
parolles. Neaumoins, pour ne m'excuser auec vn entier refus, sçachez, que la vraye histoire des Sirenes est, qu'en quelques destroits de la Mer se treuuent des rochers, qui dedans
leurs concauitez reçoiuent les flots ordinaires des eaux con-
traintes, & faites impetueuses entre ces rocs, d'où s'engen-

Vraye ori-
gine des Sy
renes.

dre (comme il est euident, & aisé à croire) vne voix aigue
& sifflante à cause de l'air venteux poussé & repoussé par
ces creuses cauernes au cours & recours des ondes, sus
lesquelles les nauigants ne peuuent passer qu'auec certain, ou
presque ineuitable naufrage. Mais oyez ce que l'on peut tirer

Σύρψν, atti-
rer.

de sens allegoriq de ces fables, ce mot Syrene de sa Grecque
etymologie signifie attrayante: & sont en nombre de trois,
pource-que les plus subtiles amorces qui attiret aux amoureuses voluptez, consistent, ou à la familiere frequentation,
ce que signifie Parthenope, par l'acointable & simple façon
des pucelles: ou à la veüe: car Leucosie, pour sa blancheur,
represente la lumiere, cause en partie de la veüe: ou à la
voix: & Ligie, est le nom de la derniere Syrene, qui autrement signifie vn instrument Musical, ou douceur de chant.
Quant à ce-que l'on leur donne des æsles, c'est pource-que
les amoureuses pensées suiuent d'vne incroyable legereté
la chose aimée, comme encor les Syrenes en toute vistesse
diligenterent à la queste de Proserpine. Et de ce peu soyez,
s'il vous plait, contente quant aux Sirenes, à fin que ie retourne aux Muses, ausquelles le Laurier est attribué:

pource-que l'on l'eſtime l'arbre conſacré à Apollon, &
qu'il eſt propre à l'inſpiration, & Enthuſiaſme : ou pource
que les anciens crioient qu'en goutant & maſchāt du Laurier, on eſtoit incontinent eſpriz de Poeſie : ou pluſtoſt, pource-qu'ainſi que le Laurier eſt touſiours verd, les vers des
bons Poetes iamais ne meurent : mais ſans ceſſe verdoyans, Pourquoy les Poetes choiſiſſent le Laurier.
viuent par les bouches des doctes hommes. Auſſi pour ceſt
eſgard, les Poetes des ſiecles plus heureux, en ſigne d'vne
certaine immortalité eſtoient coronnez de Laurier. Ie pren-
drois bien plaiſir (dit Paſithée) de ſçauoir que ſignifient les
noms des Muſes. Sous l'ordre (continuay-ie) des noms des
Muſes eſt ſubtilement celée la maniere, & l'ordre parfait,
moyennant leſquels l'on paruient à l'intelligence accomplie
des doctrines & ſciences. Premierement il faut vouloir ſçauoir, & puis ſe delecter en celle volonté : en apres eſtre en
inſtante meditation, ſongneux, pourſuiuant de la choſe qui
delecte, laquelle conſequemment il faut apprendre : & l'a-
yant apprinſe, fermement la ſ'imprimer en memoire : puis
ſ'exercer à augmenter & renouueller de ſes inuentions ce,
dont l'on ſe ſouuient : & balancer auec iugement ce-que Que ſigni-fiēt les nōs des Muſes.
l'on inuente : & ayant eſleu ce-que le iugement promet eſtre
meilleur, mettre auec gracieuſe facilité & promptitude en
lumiere la choſe eſluë. En ce peu que i'ay dit, ſi vous y auez
prins garde (Paſithée) ſont neuf actions diſcernées, deſquelles chacune repreſente le nom d'vne des Muſes. Ie ne pourrois (dit elle) me reſouuenir de l'ordre quauez tenu, compre-
nant en ſi brieue parolle ſi long diſcours. Mais, ie vous prie,
faites le moy entendre plus facilement. I'auois la bouche
ouuerte (luy di-ie) à ceſte fin, & voulois vous dire, que la

F iiij

κλέος, renommée.

premiere c'eſt *Clion*, par laquelle il faut entendre la premiere volonté d'apprendre, qui, née d'vne opinion fondée ſus la bonne renommée des ſçauans, chatouille noſtre penſée de l'Amour des ſciences. *Euterpe* eſt la ſeconde, & ſignifie bien

Ευ, & τέρπειν bien delecter.

delectant : pource-que celuy qui ha vouloir & deſir d'apprendre, ſe doit ſecondement delecter en ce-qu'il veut & deſire. La troiſieſme *Melpomene*, repreſente la continuelle

Côme qui diroit με-λέτην. ποιομένη, me ditatiô faiſant.

meditation : car ce n'eſt le tout que d'auoir la volonté, & ſe delecter d'apprendre : mais encor eſt la ſolicitude, & non lente pourſuite neceſſaire. *Thalie*, qui tient le quart rang,

θάλλειν, ger-mer, pulu-ler, ou flo-rit.

ſignifie le fruit de la ſemence du diligent & laborieux pourſuiuant : i'enten le fruit, lequel celuy, qui, ſuiuant ſon deſir & le plaiſir qui le rend ardent au trauail ſtudieux, reçoit en l'apprehenſion de la diſcipline ſuiuie : laquelle quand

Quaſi no-λυμνήμη, grande memoire, ou memoire depluſieuts choſes.

il l'ha apprinſe (comme *Polymnie* ſe peut expoſer grande & heureuſe memoire) il eſt neceſſaire, qu'auec memoire tenante il conſerue : & puis ſelon le nom de la ſixieſme Muſe.

quaſi, ευρων όμοιον, trou-uant, ou in-uentâtſem-blable.

Erato, ſignifiant inuention de ſemblables (bien que la deduction du mot ſoit à la libre façon des Grecs tirée d'aſſez loing) il eſt treſpertinent que l'on adiouſte quelque choſe du ſien à la diſcipline, que l'on tient en memoire, & que l'on l'enrichiſſe de ſes propres inuentions : non toutefois qu'il ſoit permis de ſ'eſgarer temerairement en ſes inuentions, & indifferemment les approuuer : mais bien, après auoir auec la dexterité de l'entendement tournoyé autour des choſes in-

τερψιχόρη, ſe delectant des danſes.

uentées (car *Terpſichore* ſe delecte aux contournemens des dances & plaiſantes inſtructions) diſcerner, auec iugement bien inſtruit, les bonnes des friuoles : & , reiettant ceſtes, choiſir les bonnes & louables, qui eſt vne irrecuſa-

ουρανία, ce-leſte.

ble preuue d'excellent & celeſte entendement, ami de la

huitieſme

huitiesme Muse nommée Ouranie. Mais quelle fin de tout
cecy? non autre que celle, que Calliope nous signifie, ainsi
nommée pour la perfection de bonne voix : c'est à dire, que
toute personne accomplie en ce-que ie vous ay dit estre entendu souz les noms des huit autres Muses, doit declairer &
mettre en euidēce auec toute les graces de bien dire, les disciplines acquises, & ce qu'auec ingemēt non deceu, il peut esli-
re de bon & receuable par ses inuentions. Vrayement (dit
Pasithée) vous m'auez apprins en ce petit discours vne chose, laquelle i'auois long temps desiré de sçauoir: & me souuient que quelque fois ie me suis plainte à vous de ce-que ie
sentois en mon esprit vne confusion de choses, lesquelles ie ne
pouuois desgluer l'vne de l'autre, & les mettre dehors auec
quelque prompte facilité. Toutefois vous m'auiez simplement dit, que l'indisposition de la lecture des liures, & la
mauuaise dispensation des heures en estoit cause. Encor (luy
respondi-ie) n'estoit ma responce eslongnée de raison : aussi
que ie ne me suis point app   ceu de celle confusion, qui vous
rende moins aisée à vous expliquer : mais au contraire, ie
ne puis n'admirer en si ieune aage, en si delicate personne,
moins propre pour endurer le labeur de l'estude, à laquelle
encor (autant à mon regret, qu'au vostre) vous ne pouuez
despendre que le temps desrobé : ie ne puis, di-ie, non admirer en vous l'abondance de tant de gentils discours, la cognoissance de tant de diuerses choses, la promptitude de vostre langue diserte, & la fertile viuacité de vostre diuin
esprit auec ces graces infinies, qui m'ont tant indissoluble-
ment lié à vostre obeissance, & me tiennent admirateur
continuel de voz rares vertuz. Gardez vous aussi, que le
trop de modestie qui vous fait souuent estendre au mespris

G

de voz graces, & plaindre du defaut des perfections (lequel à grand tort vous vous imputez) n'irrite les Muses, & non seulement les esmeuue à restraindre celle prodigue liberalité, auec laquelle elles vous font ouuerture de leurs cabinets, mais encor retirent & vous ostent ce-que vous auez d'elles. Quand elles se seroient mises en colere contre moy (repliqua Pasithée, me regardant du meilleur œil) ie m'asseure que vous, qui leur estes tant seruiteur, trauailleriez en tout deuoir pour les appaiser & les me rendre amies: feriez pas, Solitaire? Vous estes trop certaine (luy respondi-ie) auec quel contentement ie m'employe à vostre seruice: & toutefois il ne faudroit que vous attendissiez de moy aide en c'est endroit : car comment pourrois-ie estre agreable à celles qui ne vous auroient en grace? à celles qui ne me fauorisent, sinon autant que vous l'impetrez d'elles, & que la deuotion que ie vous porte les prie? Mais il vaut mieux que vostre modestie diminuée laisse plaindre les simples & ignorantes, & ne mesprise de vous en vous ce-que les bons iugemens louent & reuererent. Ne despendez tant (dit elle) de voz couleurs à me paindre (Solitaire) qu'il n'en reste pour acheuer voz Muses : & me dites pourquoy en les nommant vous n'auez tousiours obserué vn mesme ordre, les logeant chacune en son rang ordonné. Vous m'auez (luy respondi-ie) fait grand tort de me ietter hors de la carriere en laquelle ie me pourmeine le plus volontiers. Toutefois vous satisfaisant ie di: que chacun ha disposé les noms des Muses, & les ha accommodez selon qu'il en desiroit tirer quelque sens ou doctrine prouffitable, comme i'ay fait & veux encor faire maintenant, sans m'asseruir à ordre certain : chose dont ie vous aduerti volontiers, à fin que vous ne trauaillez à y

prendre garde. Clion peut signifier louer, ou se peut tirer d'vn
mot Grec prochain de sa denomination signifiant renommée ou gloire: pource-que les doctes sont coustumiers d'honnorer autrui, & d'estre reciproquement honorez: ou pource-que les louanges des Poetes apportent ordinairemēt gloire, & enrichissent la renommée de celui auquel elles sont dediées. Ceste fut, selon quelques opinions, inuentrice de l'histoire, & est inuoquée comme presidente du stile historien.
Euterpe est appellée delectable & plaisante, en respect du
plaisir, & de la delectation que reçoiuent ceux, qui se font
auditeurs des honnestes disciplines. Aussi luy attribuent aucuns l'honneur de l'inuention d'icelles: les autres seulement
de la Dialectique, & disent qu'elle se plait aux instrumens
qui se ionent à souffler, comme fleutes & autres semblables. *Thalie* de son nom est verdoyante, comme faisant re-
uerdir & reuiure la vie des doctes, & prolongeant en longs
siecles la louange, laquelle le Poete donne à autruy & s'acquiert à soy-mesme. Encor adioustent les interpretes, qu'elle rend la conuersation des doctes recreatiue & delectable.
Aucuns l'ont honorée de l'inuention des Comedies: les autres de Geometrie, & les autres de l'Agriculture & solici-
tude des plantes *Melpomene*, tient son nom ou du mot Grec,
signifiant chanter, ou de la douceur de voix: pource-que les
vers chantez & bien appropriez à la voix, ou (pour mieux
dire) la voix bien appropriée aux vers, delecte merueilleu-
sement les escoutans: aussi que les vertueux & les doctes
Poetes ne cessent de celebrer les louanges & des Dieux &
des personnes vertueuses: & qu'aussi la meilleure & plus
saine partie des hommes, les louë incessamment. A ceste cy
l'on attribue les Tragedies, ou les chançons, & encor, au

κλίί, louër
κλίδε, renō-
mée.

Εὐ τιρπίν,
bien dele-
cter.

θάλίαι, re-
uerdir, flo-
rir, germer.

Μέλπομαι,
ie chante.
Μόλπη, chāt

G ij

τέρπω, ie de *rapport d'aucuns, la Rhetorique. Vient apres Terpsi-*
lecte.
χορεία, la *chore, ainſi nommées, pource qu'elle ſe plait aux danſes,*
danſe. *ou pource qu'à cauſe du fruict naiſſant des bonnes do-*
ctrines, elle delecte les eſcoutans, & eſt plaiſante à voir.
Encor ont adiouté les vns, que ſon nom ſignifie la delecta-
tion que reçoit d'elle vne bien grande partie de noſtre vie,
comme eſtant inuentrice du Leut & autres tels inſtru-
mens. Ainſi que i'ay leu, luy eſt attribuée en chef celle
douceur & humanité qu'on voit reluire aux perſonnes
bien nées, auec l'inſtitution des bonnes lettres. Puis Erato,
ἔρως amour *qui peut, tirant ſon nom d'Amour, eſtre ſurnommée aima-*
ἔρομαι, i'in-
terrogue, *ble, rend les lettrez amiables & louables en tout lieu.*
& ἀ'πικρίνο-
μαι, ie reſpō *L'on etymologiſe ce nom autrement, & le tire l'on d'inter-*
roger & reſpondre, comme l'vn & l'autre eſt bien duiſant
aux perſonnes curieuſes, qui par diſputation ſçauent cribler
les opinions, & par les raiſons en eſlire la verité tellement,
qu'en ce nom toute la Philoſophie eſt repreſentée. Aucuns
luy attribuent l'inuention des inſtrumens qui ſe iouent de
l'archet, comme la Lire : aucuns des danſes, aucuns de la
Muſique, & les autres de la Poeſie : combien que l'on dit,
qu'à cauſe de l'inuention des vers, l'on ha appellé celle, qu'au
πολὺ, beau- *ſeptieſme rang ie nomme maintenant Polymnie, comme*
coup.
ὕμνος, hym- *Polyhymnie. Auſſi eſt ſon propre d'eſtre ornée de pluſieurs*
ne, ou can- *louanges, & de chanter & louer les vertuz d'autruy tant*
tique. *en proſe qu'en vers, & tant en hiſtoires, qu'œuures Poe-*
tiques (deſquelles elle ha plus de ſolicitude) ne ceſſe, & ne
ſe laſſe de publier l'honneur & les faits des predeceſſeurs:
& d'auantage, rend d'vne gloire immortelle les chants des
Poetes recommendables à la poſterité. L'on dit qu'elle inuen-
ta les mines & contenances auec leſquelles ceux, qui ſont

ouïr *&* representent les comedies *&* autres ieux (ainsi nomme le vulgaire telle espece d'escriture) ou plus ridicules , ou
plus serieux expliquent à ceux mesmes qui n'oyent ou entendent les parolles , leur intention : esmouuans aux specta-
teurs ou le riz , ou l'indignation , ou la pitié *&* les plus in-
ternes passions , en faisant parler les doits , les mains , le
corps , voire le mesme silence. Au reste , l'on ne luy peut af-
seurer autorité sus aucune discipline particuliere : car si l'on
luy dedie la Geometrie, l'autre luy attribue l'histoire : celuy la
Grammaire, cestuy l'Agriculture, ou la Musique *&* Lirique
Poesie : mais l'on loge l'honneur de la huitiesme en plus haut
lieu, estant du Ciel nommée Ouranie, còme science vniuersel- ουρανὸς, le
le des choses naturelles, sur-naturelles *&* diuines : ou pource Ciel.
que le Ciel soutient, tien *&* contient tout ce qui est, soit diuin
& eternel : soit corporel , *&* perissable : ou pource-que le
Ciel est estimé voir toutes choses *&* de nuict *&* de iour : *&*
encores , pource-que les anciens nommoient tout l'vniuers,
Ciel. Ie puis adiouter qu'elle est ainsi nommée , pource-que
les doctes sont , comme le Ciel, cogneuz par tout : ou pource
que les doctrines eslieuent leurs professeurs iusques au Ciel :
ou pource-que la doctrine *&* la sapience , haussent l'entendement à la contemplation des choses celestes. Aussi , l'on la
fait presider à l'Astrologie. Calliope, qui surpasse les autres καλὸν, bon-
à bien chanter , est tousiours mise au dernier lieu. Ceste est   ne.
                                                                 ὄψ, voix.
estimée la bien disante, qui auec ornement de disertes parolles , aide beaucoup à l'administration des choses publiques,
flechissant aux assemblées non à force , mais par douces *&*
persuasiues harangues , le courage du peuple. Et pour ceste
raison l'on estime qu'elle accompagne la majesté des Roys
Venerables *&* magnanimes, la grandeur des puissans Em-

                              G iij

pereurs, les sublimes esprits des hommes vertueux, desquels, pource-que la vie enrichie de diuerses vertuz est neaumoins ornée d'vn ordre admirable, & non iamais contrariant à soy-mesme, l'on luy attribue la varieté, & la nomme l'on inuentrice de Poesie : pource qu'ainsi qu'elle est l'aisnée de toutes les Muses, aussi la Poesie est la plus ancienne de toutes les disciplines & de temps & d'honneur, en augmentation duquel Iupiter remit au iugement de tant excellente Muse, la decision d'vn different nay entre Venus & Proserpine, à cause du gentil Adonis, lequel & l'vne & l'autre

vouloit auoir tout sien : mais Calliope appointa, que Venus en iouïroit vne moitié de l'année, & Proserpine l'autre.

Voilà, (Pasithée) vne bonne part de ce-qui ha esté escrit des Muses. Regardez si ceste diuersité peut m'aquiter de la promesse que ie vous auois faite. Vrayement (dit Pasithée) vous me les auez si bien descrites & si viuement representé leurs vertuz, que ie puis dire que vous estes leur frere : car il me semble, que si vous n'estiez fils de Memoire, malaisément pourriez vous ainsi par le menu si promptement en dire tant de choses. Mais i'ay cuidé (continua elle en riant) faire vne lourde faute. Comment donq (Pasithée?) luy di-ie. En bonne foy (respondit elle) ie vous ay cuidé nommer fils de l'vne d'elles, ayant quasi oublié que vous les auez nommées pucelles. Vrayement (luy di-ie) elles vous sont obligées du respect que vous auez à leur honneur. Si est-ce qu'elles n'ont esté tant opiniastres en l'obseruance de la continence qu'il ne leur soit eschappé d'auoir quelques enfans. Deà (repliqua Pasithée) que dites vous? Estes vous desià las & repenti de les auoir mises en si louable estime? Ie vous prie (Solitaire) ne me faites rien ouïr à

leur defauantage. Haa, non (Pafithée) ie n'ay garde, di-ie:
mais si ne puis-ie taire ce-que i'ay leu en plusieurs bons Au-
teurs, touchant l'accroissement de leur race : parquoy forti-
fiez la bonne opinion qu'auez de leur chasteté d'vn bastillon
d'allegories : & pensé que ceux, qui les ont feint si fecondes,
entendoient ceux estre leurs enfans, qui se sont trouuez excellens professeurs des arts ou disciplines qui leur sont parti-
culierement dediées. Aussi (adiouta elle) ne croiroy-ie pas,
que, sans respect de quelque secrette & absconse intelligēce,
les Poetes eussent dans le cloz de leurs fables voulut tant
outrageusement captiuer la pudicité de leur maistresses. Soit,
comme il vous plaira, luy respondi-ie, car ceste derniere &
tant renōmée Calliope, ayant d'Achelois engendré les Syrenes, se feit Apollon tāt ami, qu'elle en eut trois fils, l'un nommé Ialeme, l'autre Orphée, & le tiers Hymenée. Aussi fut
Hymenée inuenteur des vers Iambiques & chants nu-
ptiaux: Orphée est au nom seulement assez cogneu pour excellent Musicien, digne fils de tant Musicienne Muse, &
reputé tant fauorit & mignard de sa mere, que Venus (se
presentant du iugement par lequel Adonis luy fut seulement adiugé pour six mois) n'ayant peu ou par soy ou par
son fils Cupidon souler son desir de vengeance sus Calliope,
choisit le moyen sus Orphée, incitant les Traciennes bacchi-
des, eniurées de le faire mourir & mettre en pieces, & sus
son frere Ialeme, inuenteur des chants lugubres & deplo-
rations funebres : car elle luy refusa les naïues graces, qui
font la personne venuste (mot deduit de Venus) & agreable : tellement, que de ce miserable print source le prouerbe
accommodé aux choses denuées de toute grace : Il est plus
froid que Ialeme. Or, à fin que ne teniez Ouranie en au-

Syrenes
filles de cal
liope &d'A
chelois.

Hymenée
inuenteur
des vers Iā-
bique.

Prouerbe
ancien.

G iiij

tre estime que sa sœur (continuay-ie voyant Pasithée, qui
feignoit d'vne bien bonne grace en estre fort faschée) l'on
asseure que Line ce grand Poete (qu'il me suffit de nommer
sans le louer d'auantage) fut son fils : mais le pere n'est certain : car aucun en soupçonnent Apollon, & les autres
Amphimare, fils de Neptune, qui acquit grande reputation entre les Musiciens. Elle eut d'Appollon vn autre fils
nommé Aristée, & , qui voudra croire aucuns, Hymenée

Enfans des
Muses.

lequel i'ay desia aduoué à Calliope. Encor Polymnie eut vn
fils (ie n'ay souuenance du nom du pere, & ne le pense auoir
leu) nommé Triptoleme, qui fut excellent en agriculture.
Et Erato d'vn pere, qui ne m'est cogneu, fut mere de Thamire, qui premier (combien que les autres donnent c'est honneur à Alcman, Poëte Grec) chanta l'amoureuse passion.
Toutefois i'ay leu, qu'il estoit fils d'vn Philammon, & la
Nymphe Argiope, Terpsichore, s'acointa si familierement
d'Achelois, qu'elle en fut mere des Sirenes, bien que guidé
par bons Autheurs, ie vous aye dit qu'elles estoient filles de
Calliope. Mais quand il seroit ainsi, encor ne demeureroit
l'allegre Terpsichore sans enfans, ayant de Mars, Bisthone:
& Rhese d'vn nommé Astrimone : desquels ie ne sçay autre
chose que le nom. Ie confesserois librement que Melpomene
fut pucelle, n'estoit qu'elle est soupçonnée d'auoir esté mere
des Sirenes. Quant à Thalie, il est tout commun que Pale-

Palephate
autheur an
cien.

phate est son fils, ie di ce Palephate qui estoit homme docte,
& ha escrit des arbres : aussi est (ainsi que vous auez entendu) la mere estimée inuentrice de l'Agriculture. Euterpe
n'auroit point eu d'enfans, si Rhese (lequel aucuns donnent
à Terpsichore) n'estoit à elle. Et Clion n'en eust onques, si Ialeme, Hymenée & Line, lesquels i'ay dit estre les deux premiers

miers à Calliope, & Line à Ouranie. Si veux-ie dire ceux là
ne sont à Clion, ie l'estime auoir demeuré continête. Ainsi (Pa
sithée) les anciens esmeuz non tant de leurs simples fantasies
que de l'industrie de cacher quelques secrets souz telles fi-
ctions, ont diuersifié l'estat des Muses, duquel ie penseray
vous auoir assez longuement entretenue, quand i'auray adiouté qu'elles ont esté surnommées diuersement : & ne vous
ennuirois de ce discours, si ie ne sçauois que le souuenir de
telles choses vous seruira de quelque lumiere à la lecture des
œuures de tant de doctes Poetes de ce temps, qui decorent si
richement leurs vers des ornemens de l'antiquité, que mal-
aisément y pourront les ignorans & grossiers rien comprendre. Ie loue (dit Pasithée) & admire leur mode d'escrire, &
suis aise que tels gentils esprits se delectent à rapporter les
rares & precieuses richesses, qu'ils ont acquises aux voya-
ges faiz sus la Grecque, & sus la Latine mer, pour les semer & faire pulluler en nostre France par le passé tant
poure, qu'elle estoit contrainte de demeurer nue, & (comme vous auez dit) plus froide que Ialeme, ne pouuant seulement attaindre de pensée aux hautes & belles conceptions dont nous voyons noz liures François maintenant
tant illustrément illustrez, mesmes les vers de quelques da-
moiselles (car bien que ie sois ialouse d'elles, si ne puis-ie, &
ne voudrois celer combien elles sont louables) qui cachant
leurs noms, me semblent se faire tort de vouloir ainsi desro-
ber leur louange à la renommée. Vrayement Pasithée (di-ie)
vous cognoissez en elles ce-que i'espere d'ouir estimer en vous,
si (comme il sera vray) vous continuez à contenter la soif
des humaines lettres & bonnes disciplines, desquelles vous
estes tant alterée & desireuse. Au moins par tel exemple se-

H

ront contrains les seueres censeurs, ennemis de nostre vulgaire, de rougir (s'ils ne sont plus impudens que la mesme
impudence) & de confesser, que l'esprit logé en delicat corps
feminin, & la langue Françoise, sont plus capables des doctrines familieres & abstruses, que leurs grosses testes coiffées
de stupidité : & quant aux langages, que le nostre peut estre
haussé en tel degré d'eloquence, que ny les Grecs, ny les La
tins, auront à penser qu'il leur demeure derriere. Pensez
(Solitaire) à ce-que vous dites (dit elle auec vn mouuement
de main menaçante) car si vous vous declairez si hardi, que
de vous faire fort pour la suffisance de l'esprit feminin &
du langage François, tous deux tant peu estimez d'un grãd
nombre de ceux qui se font nommer sages, qu'ils renuoyẽt le
premier à la cõtemplation du contour d'vn fuseau, & l'autre à la narration d'vn conte, qu'ils appellent des quenouil-
les. Vous aurez la guerre à ces frons armez de sourcils mal
piteux : mais plustost mettez en auant la solidité de la docte
troupe que ie vous enten louer si souuent, trop suffisante
pour faire barbes aux foibles efforts de leurs debiles opinions. Ie ne suis (respondi-ie) coustumier de m'armer fort
curieusement pour entrer au camp de tel combat, & les con-
traindre de ne nier que les bons vers François (vous sçauez desquels ie parle, Pasithée) pourront comparoistre au
parangon de tous ceux qui les ont precedez : & de ce ie n'en
appelle à plus impugnable preuue, que les Epigrammes,
les Sonnets & les Odes, & telles doctes Poesies nées depuis
peu de temps. Mais (repliqua elle) que respondrez vous à ce
qu'ils dyent, que si par estranges façons de parler vous tas-
chez d'obscurcir & enseuelir dans voz vers voz cõceptions
tellement, que les simples & les vulgaires, qui sont (iurent

ils) *hommes de ce monde comme vous, ny peuuent recognoi-
tre leur langue, pource-qu'elle est masquée & desguisée de
certains accoustremens estrangers, vous eussiez encor mieux
fait, pour atteindre à ce but de non estre entenduz, de rien
n'escrire du tout? Ie leur respondray (di-ie) que l'intention
du bon Poete n'est de non estre entendu, ny aussi de se baisser
& accommoder à la vilté du vulgaire (duquel ils sont le
chef) pour n'attendre autre iugement de ses œuures que celuy, qui naistroit d'vne tant lourde cognoissance. Aussi
n'est-ce en si sterile terroir qu'il desire semer la semence qui
luy rapporte louange. Bien desireroit il que ces chassieux
(mais aueugles) eussent la veüe bonne, & peussent cognoi-
tre que ce-qu'ils cerchent souz nom de facilité, n'est rien
moins que facilité: mais doit auoir nom d'ignorance painte
aux rudes lineamens de leurs grossieres inuentions. Qui ha
il, Pasithée (di-ie en m'interrompant, pource-que ie la voyois
se couurant d'vn grand parfumé commencer de sou-rire)
ay-ie fait quelque faute? Non, ne vous esmouuez point (Solitaire) dit elle: car ie sou riois d'vn mot lequel i'attendois
en vostre response, & qu'autre-fois ie vous ay ouy dire à
vn Monsieur, qui se tourmentoit sus ce mesme argument.
Vous sçauez bien qui ie veux dire. Non fais, pardonnez
moy, luy respondi-ie. Vous souuient-il point (repliqua elle)
de celuy qui vn iour arriuant icy, me trouua vne Delie en*
*main: & de quelle grace, l'ayant prinse & encor non leu
le second vers entier, il se rida le front & la ietta sus la table à demi courroucé? Oh, si fais ded (respondi-ie) & ay
bien memoire qu'entre autres choses, quand ie le vy autant
nouueau & incapable d'entendre la raison, que les doctes
vers du Seigneur Maurice Scæue (lequel vous sçauez Pasi-*

*Delie, ob-
iect de plus
grande ver
tu.*

H ij

thée, que ie nomme touſiours auec honneur) ie luy reſpondis,
qu'auſſi ſe ſoucioit biē peu le Seigneur Maurice que ſa Delie
fuſt veüe, ny maniée des veaux. Mais eſt-ce ce-que vous
attendiez ſou-riant à ma reſponſe? Ouy certes, reſpondit
elle. Mais pource-que tels iugemens ne meritent qu'on tra-
uaille beaucoup à conteſter auec eux, ie ſuis d'auis que vous
r'entriez au diſcours d'où vous eſtes iſſu. Oyez donq (pour-
ſuiui-ie) quels ſur-noms les anciens ont attribuéz aux Mu-
ſes. Les Latins les ont nommées Camenes, tirant ſelon la
proprieté de leur langage ce mot de chants amenes, que nous
dirions chants plaiſans & gracieux: ou Carmenes du mot
carme, qui en telle langue (comme auſſi il eſt receu en la no-
ſtre) ſignifie vers: combien que ce vocable entre les plus an-
ciens ayt receu quelque changement de prononciation, ſelon
les mutatiōs des aages ou (poſſible) des nations: car ſi main-

Surnoms
dōnez aux
Muſes.
tenant Camene eſt en cours, les anciens dirent Carmenes, &
puis encor Caſmene, en mutation de la lettre S. en R. Com-
ment (dit Paſithée) eſtoit donc la pronōciation entre les La-
tins corrompue, ainſi qu'elle eſt en la France, où il ſemble
que le Climat, ou le lait de la nourrice, comme par influen-
ce ou contagion, fourche la langue des Pariſiens, & quel-
ques autres ſelon les contrées? (ie ſçay que l'induſtrie redreſſe
aux doctes & bien parlans ce vicieux naturel) & leur fait
vſer de R. & S. touſiours au rebours l'vn pour l'autre? Ne
trouuez (reſpondi-ie) eſtrange que le vulgaire faille, veu
que quelquefois les mieux apprins ſ'en laiſſent gliſſer quel-
que mot hors la bouche. Auſſi non ſeulement entre les La-
tins, comme ie diſois, mais encor entre les Grecs (plus ſu-
perbes, & diligens à l'agencement de leurs idiomes, que les
premiers Latins Hebrieux) ha regné ce vice: car i'ay ſonue-

nance d'auoir leu, qu'Alcibiade penfant prononcer R. pro-
nonçoit L. comme s'il euft dit pour regarde Theore, Legalde
Theole. Puis entre les Hebrieux, comÉ.en ont engendré de
differens les lettres qu'ils nõment Schin, & Samec, & quelques autres que ie ne pourrois prononcer fans vous defplai-
re auec quelque mal-gracieux & deshonnefte contourne-
ment de bouche? Mais, pour continuer mon propos, les Mufes
ont efté nommées Camenes: pource qu'elles chantent les vers
plaifans, qui feruent de regiftre pour les louanges des louables. Ie ferois ennuieux, fi ie vous reprefentois vne Geogra-
phie pour faire voir les païs, Ifles, montagnes, fonteines,
d'où, pource qu'elles y ont efté ou familieres ou cognuës ou
reueuës, elles ont prins fur-nom, comme Siciliennes, de Si-
cile: Hiliſſiennes d'vn fleuue Attique, nommé Hiliſſe: The-
fpiennes de Theſpie, ville de Bœotie: Libethriennes, d'vne
fonteine en Magnefie nommée Libethrie: Pimpleades, Cafta-
lides, Aonides, ou Aoniennes (car ie ne veux donner loy à
la deduction des vocables, autant ami de la liberté d'autrui,
comme de la mienne) Coriciennes, Olympiennes, Pierien-
nes, Aganipides, Pegafiennes, Citheriennes, Meoniennes,
& en plufieurs femblables fortes. En outre, elles ont efté
accompagnées d'epithes tirez d'autre part, comme doctes,
eternelles, delicates, plaifantes, plaintiues, fongneufes,
faintes, muficiennes, babillardes, laborieufes, douces,
facrées, & autrement, comme peuuent ceux qui lifent
les Poetes rencontrer, & ceux, qui efcriuent, inuenter
proprement felon l'efficace qu'ils veulent attribuer à la
Mufe qu'ils inuoquent. Encor trouuerez vous qu'elles
font nommées Ligies, à caufe d'vne gracieufe maniere de
chant, & d'inftrument, ou Nymphes: & pour telles fu-

H iij

(marginal notes:) ολὰς θἐολον pour, ο'πὲς θἐοραν voy, tu Theore.

Mufes dites Camenes.

Epithetes dõnez aux Mufes.

Mufes dites Ligies.

rent tenues d'vn nommé Carie (fils de Iupiter, & de
Torrebie) qui, vagant aupres de quelques paluz, apprint
la Musique Lidienne de neuf Nymphes, que les natifs
de celle region nommoient Muses.   En somme (Pasithée) si
i'auois tant de faueur de leur mere qu'elle me refraischit le
souuenir de tout ce que i'ay leu d'elles, ie ne ferois de deux
iours fin à ce mien discours, que i'allongeray encor pour
vous dire, que de tous les Dieux il n'y en ha point vn plus
intime & cheri des Muses, que le Sommeil : non toutefois
que par ce Sommeil, il faille entendre la stupide & endormie paresse : mais bien l'honneste seiour, lequel les studieux cerchent en la plus retirée solitude : pour, comme en la
tranquilité du dormir, recueillir du gracieux & trauaillant
repos (que les Muses inspirent) vn fruit plus doux que le
miel. Mais vrayement (puis que le miel m'est venu si à propos en la bouche) ie ne puis oublier l'honneur que les anciens
ont fait aux Abeilles, à l'exemple desquelles Socrate disoit,
que les bons Poetes recueillent la diuersité de leurs vers aux
vergers où les Muses habitent, & puisent aux fonteines
coulantes de miel celle douceur, qui les rend gracieux & faciles. Les anciens (voulois-ie dire) ont fait honneur aux
Abeilles de les nommer oiseaux des Muses : chose que vous
trouueriez assez (possible) impertinente, si vous par iourna-
liere espreuue, n'estiez asseurée combien elles se delectent des
sons : veu que si elles sont passageres (car encor ce petit peuple transmet & çà & là des colonies pour s'aiser & amoin-
drir son nombre) ou si par quelque tumulte suruenu en leur
Republique elles se despitent & abandonnent leur premier
seiour. L'unique remede pour les arrester & rendre quoyes,
est le son des poësles & bassins, auquel bruit toutes rapai-

sées elles se font moins farouches & reprennent logis. Pen
sez vous point (Pasithée) qu'au son de vostre Leut, guitere
espinette, ou autre instrument touché de vostre docte main.
ou mesmes à l'harmonieuse melodie de vostre voix, elles fus
sent plus dociles? Ie croy que l'harmonie (respondit elle) qui
peut sortir de mes chåçons ne leur agréeroit non plus qu'aux
Muses (comme on dit communément) le chant des Cigales.
Ie ne sçay (repliquay-ie) comme vous l'entendez : mais si ne
seroit l'harmonie peu excellente & gracieuse, estant compa-
rée à la familiarité que les Cigales ont auec les Muses, qui
daignerent bien leur montrer à chanter & communiquer la
Musique. Aussi Demetrie accompagné du grand Philoso-
phe Tyanien, les oyant vn iour chanter, s'escria : O bien-
heureuses & vrayement sages Cigales, vous chantez   Exclamation de De-
la chançon qu'auez retenues de l'instruction des metrie aux
Muses, & les remerciez (non ingrates) du bien qu'el- Muses.
les vous ont fait, vous retirant hors de la subiection
du ventre insatiablement gourmand, & vous pri-
uant des perturbations, & humaines enuies. Vous
pouuez par leur bien-fait (ô heureuses) chanter à
vostre aise, & librement (sans crainte d'en estre appellées deuant les iuges) la felicité de vous & d'elles.
En bonne foy (dit elle) à peine eussé-ie soupçonné que tant
Musicale creature fut dediée aux Muses. Si sont deâ (di-ie)
& (selon le recit de Platon) furent vn temps hommes,
qui, ayans apprins la Musique des Muses, s'y delectoient
tant extremément, que sans donner repos à leurs voix, ny
viande à leurs estomacs, imprudemment se laissoient mourir
en chantant, & estoient transmuez en Cigales tousiours depuis continuelles à l'exercice de leur telle-quelle voix : &

H iiij

ce tant opiniaſtrément, que viuant ſobres, ſans aucune-
ment manger, chantent iuſques à la mort : apres laquelle,
elles retournées vers les Muſes, leur font le raport de ceux
qui les ont en eſtime & reuerence. Bien ſ'en treuue-il en
Aetolie aupres d'Acanthe vne eſpece de muettes, qui ont
donné lieu à vn commuᵑ prouerbe côtre l'indoĉte & igno-
rant de Muſique, reſſemblant vne Cigale Acanthienne.
Mais, Paſithée, c'eſt trop longuement continué vn ſubieĉt,
duquel (penſé-ie) vous n'eſperiez l'entretien deuoir eſtre ſi
long. Si eſt-ce que de ce-que i'en ay dit, vous pourrez aiſé-
ment comprendre cõbien de doĉtrines, mais comme toutes
diſciplines & ſciences, ſont retenues en l'accompliſſement de
l'eſprit Poëtique, veu que le nombre, l'ordre & les noms
des Muſes, ſont tirez à tant de conſequences. Et ne penſez
que le Poete (bien que l'eſtude ne luy ait particulariſé toutes
doĉtrines) eſmeu de celle inſpiration qui l'a conduit iuſques
en ceſt endroit noſtre parolle, ne puiſſe embellir ſes vers des
plus abſconſes & recelées diuerſitez naturelles & ſur-na-
turelles : car (comme i'ay dit) il eſt ſouſtenu & pouſſé du
Dieu. Ie ne ſuis toutefois pour tant opiniaſtrément obſiſter
contre les oppugnateurs des Poëtes, que ie voulusse forcer
quelque autre Platon de receuoir temerairement la Poëſie
en ſa Republique. Si neaumoins, au choix des meilleurs,
i'enten de ceux, qui ſi viuement repreſentent les celeſtes puiſſances & humaines paſſions, que dedans leurs vers reluiſent
les celeſtes grandeurs, que par leurs vers la vertu eſt montrée
amiable, le vice horrible, & encores les affeĉtions paintes de
leurs vrayes & non feintes couleurs, ainſi qu'elles meritent
d'eſtre ou chaſſées ou receuës : ſi, (di-ie) aux choix de ces meilleurs, il n'en veut conceder, eſlire & admettre vn bon, ie
                                        l'eſtime

l'eſtime indigne de Platon (qui maintefois en ſa plus grande hauteur ſ'eſt transformé en Poëte) & l'eſcri au rang
d'Epicure, & d'Eratoſthene, deſquels les noms ne ſe per-
mettent iamais prononcer ſans qualité d'infame impieté. Ie
m'eſtois téu aſſez longuement, quand Paſithée, ou atten-
dant ſi ie dirois d'auantage, ou penſant que ie reprinſſe
haleine, ſ'apperceut qu'abruptement, ſelon mon vice naturel, ie me laiſſois transporter en penſée : bien qu'ayant tour-
né l'œil ſus ſon Leut i'auançaſſe la main pour le prendre :
Comment (dit elle lors) voulez vous icy fermer le pas ?
vrayement l'entreprinſe de ceſte iournée n'eſt acheuée : Oubliez vous l'accointance, laquelle (bien que tacitement) vous
auez faite de la Poëſie & de la muſique, comme de deux
ruiſſeaux qui procedent d'vne meſme ſource, & r'entrent
en vne meſme mer ? En bonne foy, ſi vous laiſſez la Muſique en arriere, les vers de la Poëſie non chantez, perdront
beaucoup de leurs graces. La nuit, qui me fait ſigne d'aſſez pres (luy reſpondi-ie) que ie ne puis long temps demeurer icy, m'excuſera pour maintenant de ſouſtenir ce faix duquel ie me chargeray & deſchargeray, quand il vous plaira. Ie l'accepte (dit elle) & vous tien pour excuſé ce coup,
ſouz condition toutefois, que vous n'eſpargnerez voſtre peine pour faire tant qu'encores les autres trois fureurs, ne me
demeurent incogneües. Ie ne ſçay (luy reſpondi-ie) quelle
cognoiſſance ie pourray vous donner des deux ſuiuantes :
mais quant à celle d'Amour, ie n'ay autre trauail en plus
ſongneuſe recommendation, que de là vous repreſenter deuant les yeux : & me ſemble que l'euidence de mes paſſions
par tant de preuues doit deſià auoir fait ceſt office. Quand ie
vous aurois confeſſé que voz paſſions me fuſſent aſſez con-

gneuës (repliqua elle) ſi ne vous aurois-ie donné ſuffiſant
aquit pour l'obligatiõ precedẽte: auſſi ne veux-ie (adiouta elle
en ſou-riant) maintenãt, que la fureur vous eſmeut encores,
raiſonner auec vous iuſques à ce-que ſus ce Leut, lequel ie
vous ay deſia veu menacer de l'œil, vous ayez exhalé ceſt
Eſprit qui vous agite. Ce diſant elle print le Leut, & le m'of-
frant apres vn & vn autre refus que i'en euz fait, ſi faut il
(dit elle) que vous me faſſiez entendre par experience ſi la fureur d'Amour (voſtre tant peculiere) eſt incõpatible auec les
Muſes: & ſi Amour les trouue autant rebelles, qu'il ha au-
trefois fait entendre à ſa mere Venus. La peur lors de tom-
ber en vne inciuilité importune me feit prendre le Leut: &
pendant que i'eſprouuois les accords, Paſithée (di-ie) là où
ie ſuis, les Muſe ne doiuent pour crainte d'Amour ſe tenir
ſus leurs gardes: car le cruel tout empeſché d'marteller mon
cœur, n'ha loiſir d'eſſayer de leur donner attainte. Elle (ſ'em-
belliſſant d'vne grace qui luy eſt plus naïue) ne voulut re-
prendre la parolle, voyant que ie m'appreſtois pour accommoder de voix au Leut ceſte Ode.

STROPHE.

Ià-ià les cheuaux brulans
  Du ſaint Cinthien archer,
  S'en vont de leurs piedz volans
  L'humide Element toucher,
  Où repoz ils vont cercher,
  Au mol giron de Thetis.
  Voyci mille feuz petis,
  Qui de diuerſe peinture,
  Au front de la nuit obſcure,
  Traceront les animaux,

Sous lesquels semble estre faite,
L'humaine vie subiette,
Ou aux plaisirs, ou aux maux.

ANTISTROPHE.

Ainsi, Soleil gracieux,
Qui mes iours plus serains luiz,
Quand tu es loing de mes yeux,
Mille tenebreux ennuiz
M'obscurcissent mille nuiz.
Puis d'autant de beaux souciz,
Mille pensers esclairciz
Au souuenir de tes graces,
Me peingnent en mille faces
Tes mille perfections,
Desquelles seules i'espere
Fin d'heur, ou fin de misere,
A bien mille passions.

EPODE.

Mais (las) plus ma destinée
Est fierement obstinée,
Que la fuite coustumiere
De la celeste lumiere,
Egalement dispensée
Ores clere, or' eclipsée:
Car ta vertu poursuiuie
Plus luit pour me secourir,
Plus elle me fait mourir
Vne tenebreuse vie.

Quand i'euz cessé, Pasithée auec vn honneste remerciment,
me faisoit entendre combien ceste mienne obeïssance luy auoit

esté agreable : mais elle se teut , comme estonnée d'vne nou-
uelle melancholie, qui mal-gré toute mienne dissimulation,
s'estoit desià emparée & de mon cœur & de mon visage:
toutefois la peur de luy desplaire auec ceste mienne passion-
naire façon m'incita de luy dire : Vostre pensée (Pasithée)
treuue en moy vne issue fort contraire à l'effect esperé : car
ie suis moins disposé à tout entretien, qu'auant que i'eusse par
ce musical exercice esmeu mon ame à se passionner selon sa
coustume : aussi n'auois-ie pour autre occasion essayé de
m'exempter du maniment de ce Leut, que pour ne me laisser
aller en vostre presence si affectionnément apres ma passion.
Donq (demanda elle) ha telle efficace sus vous la Musique,
qu'elle vous rauisse tant viuement hors de vostre puissance?
Non seulement sus moy (respondi-ie) se fait telle espreuue,
mais encor sus toute personne , qui a en soy quelque amorce
disposée à tel embrasement, ce que demain (si l'opportunité
le permet) ie vous declaireray : ce pendant , pour ne vous ennuyer de ma tristesse (bien que vous en soyez l'obiect) vous
me donnerez congé de vous laisser oser du repos , auquel la
nuit suruenuë vous appelle (Pasithée) à fin que ie ne m'en
aille, accompagné de ma solitude familiere & auec elle, rendre ma peine plus facile à porter. Alors ie luy diz l'Adieu,
duquel vn reciproque de sa part fut la gracieuse recompense
qui me tira de sa compagnie , laquelle i'abandonnay autant
ennuyé comme desireux de la recouurer le lendemain.

A Dieu, de
l'Autheur à
sa Pasithée.

AMOVR IMMORTELLE.